Elogios para

UN DÍA MENOS

«Una vez inicié su lectura, no pude parar hasta terminarlo. Una excelente trama que mantiene al lector a la expectativa y que culmina con un cierre inesperado. Me encantó Papabuelo y su gran sabiduría. El lenguaje es sencillo y el autor muestra gran habilidad para comunicar las historias con su peculiar toque de buen humor. Gracias, Yldefonso, por recordarnos que hay que aprovechar cada instante para vivir la vida intensamente».

–Ángel De Jesús
vicepresidente y consultor gerencial
en desarrollo organizacional
People's Advantage, Inc.

«Es un libro para toda persona que aspire a vivir una vida mejor y a ser feliz. Nos inspira a soltar amarras y aventurarnos mar adentro, enfrentando las olas embravecidas sin miedo. Gracias, Yldefonso López, por regalarnos esta exquisita y valiosa obra. Una lectura obligada para quienes quieran vivir una vida con significado».

–Eneida Sierra
Fundadora de People's Advantage, Inc.
y coach ejecutiva

«Yldefonso López nos regala en lírica escrita, lo que hasta hoy había sido su lírica en palabras. Esta obra "inspiracional" y "aspiracional", se pasea oronda por los caminos de la "maestra vida". Un legado temprano de uno de los puertorriqueños más valientes y valiosos de mi generación. Una mirada de factura amplia a los resquicios de la vida misma, desde el derecho, la familia, la amistad, la libertad, la muerte, la lealtad, la autenticidad, la verdad, el riesgo y el dolor; hasta la revalorización de la vida ante la paradoja de que un día más, es un día menos para vivir.

Esta obra, generosamente escrita, es un alerta, una reflexión y un emplazamiento "sui generis" para vivir al palio de la sabia advertencia de que "todo el mundo se muere, pero no todo el mundo vive". Enhorabuena, colega, amigo y hermano».

–Lcdo. Víctor Rivera Hernández
presidente y asociado principal
Grupo Erantonio & Asociados, Corp.

Mentora en autopublicación: Anita Paniagua
Programa Emprende Con Tu Libro
www.anitapaniagua.com

Edición y corrección: Mariangely Núñez Fidalgo
arbola.editores@gmail.com

Diseño gráfico y portada: Amanda Jusino
www.amandajusino.com

Fotografía del autor: L. Raúl Romero
raulromerophotography@gmail.com

Página web:
www.yovengovirao.com

Redes sociales:
www.facebook.com/Yldefonso López @vengovirao
www.twitter.com/@LopezYldefonso
www.instragram.com/yldefonsolopez
www.linkedin.com/in/Yldefonso Lopez

Correo electrónico: info@yovengovirao.com
(787) 615-1900

Nota de la editora: Esta obra fue corregida según la última revisión de la Ortografía de la lengua española (2010), Real Academia Española.

UN DÍA MENOS

YLDEFONSO LÓPEZ

YLDEFONSO LÓPEZ

DEDICATORIA

Para Meme, Claudia e Ylde
porque son el eje sobre el cual gira mi mundo.

Para Mami y Papi...
porque siempre me acompañan.

YLDE

YLDEFONSO LÓPEZ

TABLA DE CONTENIDO

AQUEL DÍA

Era una tarde sombría. Una interminable banda de nubes grises arropaba toda el área metropolitana. El cielo encapotado era cómplice de aquel panorama tétrico. El estallido ensordecedor de los relámpagos interrumpía la calma vespertina e impedía el descanso, mientras los rayos que parecían rasgar el firmamento iluminaban por segundos la ciudad. Entonces, recordó aquella expresión: «*Hoy es un día perfecto para morir*» y comenzó a sentirla suya, mientras intentaba hablar con la persona a quien llamaba su hermana de otra madre. Sabía que sus próximas palabras podían ser las últimas y quería utilizar sabiamente sus suspiros finales.

–Pasé toda mi vida trabajando. Sacrifiqué mi salud para hacer mucho dinero y, en los pasados años, lo he gastado tratando de recuperarla. No cometas el mismo error –le dijo mientras cerraba los ojos y cedía el fuerte agarre que durante los últimos cinco minutos casi privaba de circulación sanguínea a la mano izquierda de su amiga.

En ese preciso momento, se desató la histeria colectiva en aquella oscura y fría habitación del hospital más moderno y costoso de la capital. Su compañero de vida se desplomaba sobre su cuerpo, mientras su hija se aferraba a él en estado de shock, como buscando un escudo emocional que neutralizara el implacable *biiiiiiiiip* de la máquina de telemetría.

–¡Nooo! –gritaba desconsolado, al mismo tiempo que el temido *flatline* resonaba inmisericorde, señal de que el espíritu combativo de aquella mujer pronto saldría de su cuerpo y flotaría hacia otra dimensión.

Los altavoces del hospital arropaban los pasillos con el llamado: «¡CLAVE VERDE, CLAVE VERDE en la habitación 268!». Simultáneamente, varios residentes, especialistas y enfermeras corrían a toda prisa hacia la habitación, abriéndose paso entre los pacientes y visitantes que transitaban por los pasillos del hospital. Sus caras reflejaban la intensidad del momento. Todos sabían que les esperaba una seria emergencia que les requeriría ser protagonistas activos de otra batalla campal entre la vida y la muerte.

———— •∞• ————

CUATRO MESES ANTES

—**P**ermiso para retirarnos vuestro honor –dijo con voz firme, a la vez que pensaba *qué tenía de 'honor' aquel imbécil vestido de negro, a quien claramente habían nombrado por haber sido un alcahuete del partido político que ganó las últimas elecciones...*

No tenía la menor duda de que la inmensa mayoría de las juezas y los jueces de su jurisdicción eran personas serias y comprometidas con la justicia, pero cada cierto tiempo, se topaba con uno como este. No había terminado de pensarlo, cuando sintió el pesado cuerpo de su cliente abrazarla fuertemente en señal de celebración. Su abogada era la mejor, sin duda, por eso la escogió. Le tenía un respeto enorme como profesional. La veía como una mujer fuerte, firme, brillante y, para colmo, dueña de una belleza exótica, raras veces vista en lo que él consideraba el estereotipo de las personas que ejercen esa profesión.

Ella se retorció, casi con asco, no por el acto del abrazo, pues para ella eso era algo normal y bien recibido, particularmente, en momentos de celebración. La razón para sentirse así, vacía, cómplice, abusadora, era algo que no podía comprender, pero era una sensación que la atormentaba hacía un tiempo, a veces pensaba que desde hacía años. Entretanto, el llanto desconsolado de la mujer a quien le había ganado el caso en representación de su cliente resonaba en sus oídos y agudizaba su sensación de vacío.

–Él sabe lo que me hizo –gritaba la alegada hostigada mientras miraba fijamente al cliente de Juliana–. ¡Cerdo! ¡Cochino! Ojalá su hija no tenga que pasar por lo que él me hizo pasar. Y usted, licenciada, espero que, como mujer, esté muy satisfecha por su gran victoria.

Juliana salió de la sala del tribunal apresuradamente y con la cabeza baja, como si hubiese sido la culpable de aquel drama humano recién resuelto. Minutos antes, había hecho su trabajo de manera magistral; fue implacable durante el contrainterrogatorio y destrozó la credibilidad de aquella mujer en la silla testifical hasta lograr que el juez que presidía la sala, expresara para el récord que no le podía dar validez alguna a su testimonio y, de un *malletazo*, desestimara su demanda por hostigamiento sexual en el empleo. Sin duda, otra actuación impecable de la licenciada Juliana Guevara, experta en litigios de derechos civiles y derecho laboral.

Sin embargo, no eran las recriminaciones de la demandante lo que la hicieron salir casi corriendo del tribunal, pues no era la primera vez que algo similar le ocurría; era ese sentido de inutilidad que le embestía el alma nuevamente, el cual no entendía muy bien ni sabía explicarse. Sabía muy bien que el famoso dicho de que *las palabras se las lleva el viento* era una falacia. Entre otros efectos, las palabras pueden destruir o construir; pueden herir o sanar; pueden humillar o motivar. Precisamente por ser mujer, sabía que el intercambio que sostuvo con la demandante esa mañana, la marcaría de manera perpetua como el carimbo marcaba a los esclavos. *Ya bregaré con esto* –dijo para sí con una frialdad que solo comparaba con los pisos de mármol de la sala del tribunal, mientras entraba al Mercedes Benz del cliente, quien le abría la puerta muy caballerosamente para llevarla al almuerzo celebratorio prometido.

Lo último que quería hacer esa tarde era celebrar. Sabía muy bien que la vida sigue y que al otro día le esperaba un escritorio lleno de papeles, mensajes y mociones para estudiar y contestar, sin hablar del número inimaginable de correos electrónicos que no había podido abrir. Consideraba que la gran victoria obtenida ya era parte de su pasado, aunque inmediato, y que había que pasar la página. Operaba bajo la filosofía de que no se puede vivir de glorias pasadas. Sin embargo, estaba clara de que era una celebración ineludible. El cliente era muy importante y, después de todo, ella se lo merecía. No ganó ese caso por casualidad.

Su vida no había sido fácil y los obstáculos superados eran de tal naturaleza, que a veces ella misma se preguntaba cómo había podido continuar hacia adelante. Desde el divorcio inesperado de sus padres cuando comenzaba la escuela superior, todo había cambiado en su vida. Sus progenitores, en especial su padre, permitieron que sus problemas interfirieran irrazonablemente en la relación con ella, y el papá –su héroe, el que no podía hacer nada mal y quien tanto la mimó y malcrió– desapareció de su vida de manera súbita y sin aviso. Juliana nunca entendió esa desaparición. Años después, ya adulta, luego de varios intentos fallidos de conectar nuevamente con su progenitor, desistió de la idea, se resignó y con mucho dolor en el alma, pasó la página. Pensó que a veces hay que dejar atrás a ciertas personas, no porque no las quieres; sino porque, tal vez, no te quieren a ti. Hacía tiempo que había aprendido a regalarle su silencio a aquellos que no quieren escucharle. Aunque nunca dejó de ser una persona muy amable y cariñosa, la ausencia de su padre sembró en ella una tristeza interna que Juliana disimulaba muy bien, pero provocó que se transformara en una persona, más bien, reservada.

Pasó cinco años difíciles en la universidad, durante los cuales no pudo destacarse académicamente. De hecho, le tomó un año adicional completar el grado, debido a que fracasó en un par de cursos mandatorios que tuvo que repetir. *¿Por qué insistían en aquellos currículos arcaicos, en torturarme con unos treinta créditos en cursos como Métodos Cuantitativos, Física, Biología, Economía y Cálculo? ¡Maldita sea! Yo voy a ser abogada. Esto no es 'cultura general', ¡esto es un vía crucis!*, pensaba. Sin embargo, jamás consideró cambiar su norte. Su meta era clara y estaba decidida a alcanzarla. Así logró, con mucho empeño y algo de suerte, ser admitida en la Escuela de Derecho de la Universidad Iberoamericana, cuya reputación cada día ascendía en las escalas nacionales. Ya no tenía que preocuparse por aquellos cursos de Ciencias y Matemáticas que ella sabía en su interior que nunca le servirían de nada. Aquellas clases de la Escuela de Derecho eran un bálsamo que le permitió dedicarse con pasión al estudio y graduarse en el tope de su clase con los más altos honores. Le fascinaba estudiar la constitución, los derechos de los acusados, los derechos civiles, todo lo relacionado a los derechos de la mujer, los cursos de discrimen, el divorcio, el aborto, entre otros temas que le retaban el intelecto. Allí confirmó cuál era su vocación. Sentía que estaba en una especie de paraíso educativo.

Durante tres largos años, que incluyeron innumerables noches sin dormir, cientos de tazas de café y bebidas energizantes, dos o tres encuentros pasionales pasajeros y tres recetas de espejuelos distintas, Juliana se entregó a los libros y logró su sueño. Fueron muchas fiestas las que se perdió por estar estudiando. Cada vez que la tentación estaba a punto de ganar la batalla, recordaba las palabras sabias de su abuelo paterno, el gran Papabuelo, quien siempre le decía que valía la pena sacrificar años de fiesta y pachanga en la juventud, por décadas de libertad por el resto de la vida.

Junto a ella, durante esos tres años, estuvo su ahora gran amiga, Mercedes. Era una joven brillante que vivía intensamente. Fue el gran apoyo de Juliana durante toda su travesía por la Escuela de Derecho, pero también, como decía Juliana, era su mayor pervertidora. Mercedes quería ir a todas las fiestas posibles, aunque nunca descuidaba sus estudios. Sencillamente, no dormía. Incluso, en ocasiones, tomaba los exámenes sin haber dormido por verse obligada a estudiar toda la noche anterior para recuperar el tiempo que había perdido fiestando.

A pesar de su aparente desorganización e indisciplina, Mercedes era todo lo contrario. Además, fue siempre una gran amiga y un excelente paño de lágrimas.

Acompañó a Juliana a ahogar las penas bebiendo; a celebrar las buenas calificaciones y los fines de semestre; a recuperarse de uno que otro desamor y hasta recuperarse de alguna borrachera.

Sin embargo, era Papabuelo a quien tuvo en mente durante todo el almuerzo celebratorio. Mientras las botellas del mejor vino de la casa corrían sin límite por la mesa de ocho comensales, siete de ellos hombres ejecutivos, Juliana se flagelaba mentalmente porque no había podido visitar a su abuelo desde hacía dos semanas, por culpa de quienes la tenían "secuestrada" en esos momentos haciendo un recuento del largo juicio que acababan de ganar. Luego del divorcio de sus padres, y aunque su madre siempre fue un buen ejemplo a seguir, su abuelo se había convertido en la figura masculina modelo. En estos tiempos lo visitaba semanalmente, sin fallar, a un hogar de ancianos al que lo había ingresado su padre hacía dos años, sin contar con su opinión. Aunque, por años, la comunicación con su padre había sido ínfima, Juliana estaba convencida de que antes de tomar la decisión de ingresar a Papabuelo en un hogar de ancianos, ameritaba que él, al menos, hubiese tenido la cortesía y la sensibilidad de hablarlo con ella. Esta decisión unilateral de Alejandro Guevara lo había distanciado totalmente de su hija. Ante los ojos de ella, la decisión de su padre fue una sumamente egoísta, basada únicamente en sus propias necesidades y no en el bienestar de Papabuelo. Vivía convencida de que había tomado la ruta más fácil.

–Todavía no lo puedo creer –le comentó a Fabián, su esposo, cuando Papabuelo llegó al hogar–. A mí ni me preguntó, a pesar de saber cómo es mi relación con Papabuelo. Pero nada, ¿qué puedo esperar de un tipo que, sencillamente, con una facilidad pasmosa, se olvidó de mí porque se peleó con mamá? En realidad, no sé ni por qué me sorprendo –le dijo en aquella ocasión, con los ojos llorosos.

Si bien el lugar era hermoso y el trato de los empleados era excepcional, Juliana no podía evitar que se le apretara el corazón cada vez que acababa la visita y se despedía. Después de todo, ese no era su hogar. Había intentado convencerlo de que fuera a vivir con ella y su familia, pero había fallado una y otra vez. El abuelo se había adaptado muy bien a la vida en aquel lugar, donde era *el rey* y mantenía cierto grado de independencia. Muchas veces le había dicho a su nieta que no sería, jamás, una carga para nadie en su familia. Además, a Juliana siempre le llamó la atención que Papabuelo nunca le habló mal de su hijo por el hecho de haberlo ingresado en el hogar. Pensaba que eso demostraba, una vez más, la nobleza de espíritu de su abuelo.

Juliana estuvo distraída durante todo el almuerzo. Su mirada perdida provocó que los clientes preguntaran, preocupados, si se encontraba bien, a lo que ella contestó afirmativamente con una sonrisa forzada. Solo un mensaje de texto de Fabián la hizo salir por unos instantes de su trance. El texto tenía solamente una pregunta: *¿Ganaste?* Harta de ganar casos y con la cabeza llena de preocupaciones, Juliana solo le contestó: *Sí.* Aunque sintió que la contestación era totalmente seca y carente de emoción, Fabián replicó con picardía: *Pues, hay que celebrar esta noche.* El *Ok* de Juliana cayó como un balde de agua fría en el teléfono móvil de Fabián, quien decidió seguir con su día de trabajo en el banco y pensar en la botella del espumoso favorito de su esposa, la cual compraría para celebrar con ella. De inmediato, llamó a la vecina y gran amiga de ambos, Catalina, para que se hiciera cargo de Adriana, su hija de ocho años. Sabía que el caso era bien importante y la celebración sería en grande. Además, si el plan le salía bien, quizás podría tener una noche íntima con su esposa, lo cual no ocurría desde hacía más tiempo del que quería admitir. Fabián amaba profundamente a su esposa. Juliana y él habían sido una pareja explosiva y apasionada, pero con el tiempo, las preocupaciones cotidianas y el nacimiento de Adriana, todo había cambiado. Estaba convencido de que era necesario y urgente cambiar eso. Quizás esa sería la noche que iniciaría ese proceso. Fabián no pudo concentrarse en su trabajo el resto de la tarde. Los recuerdos de una etapa hermosa de la relación ocupaban su mente. *¿Cómo llegamos a dónde estamos?*, *¿cómo se apagó aquella llama de la pasión?*, se preguntaba.

El almuerzo se extendió por casi cuatro horas y entre las copas y las loas a su labor, ya Juliana no aguantaba más y decidió que era el momento de irse. Ninguno de los siete individuos partícipes del almuerzo entendió a qué se refería cuando se excusó con el grupo indicando que tenía que ir a lo que llamaban sus amigas profesionales *el segundo turno o las horas extra*. Claramente, se refería a que, al igual que les ocurría a estas, su día de trabajo no concluía al finalizar la interminable jornada en la oficina. Sabía muy bien que, como todos los días, su hija la esperaba ansiosamente para bañarse, estudiar, cenar y –lo mejor de la noche–, la lectura de un cuento que estaba en las páginas de algunos libros entre las decenas que Juliana le había comprado desde antes de nacer. Ese ritual no era negociable: baño, estudio, cena y cuento. La noche se cerraba con una oración al Todopoderoso en la que Adriana siempre pedía a su ángel de la guarda que cuidara a sus padres y que su mami ganara todos los casos. Cada noche, al ver a su hija arrodillada en la cama, orando con los ojos cerrados, Juliana no podía evitar sentir una punzada en su corazón ante el recuerdo de su padre, de quien aprendió este ritual. Además, nunca faltaban las peticiones por Papabuelo, quien se derretía cada vez que la veía, la sentaba en su falda para darle cortas lecciones de vida y hacerle interminables historias de su juventud, de las cuales Adriana era fanática. Juliana siempre cultivó en Adriana ese amor por su bisabuelo porque era fiel creyente en la importancia de la familia como institución y, sobre todo, en el respeto a los ancianos y su sabiduría. Sabía que la experiencia de las personas de la llamada tercera edad, con frecuencia era subestimada por los jóvenes y por la sociedad en términos generales. Sin embargo, nunca olvidaba aquel proverbio que le repitió muchas veces uno de sus mentores de su vida profesional: «*El maestro ha fallado más veces de lo que el aprendiz ha intentado*». Quería que su hija aprendiera a valorar el conocimiento de los ancianos y, sobre todo, a respetarlos.

Al llegar a su casa y notar la oscuridad atípica, Juliana comenzó a llamar a Adriana, quien, obviamente, no contestó. Siguió penetrando por el largo pasillo principal de su residencia, llamando a Fabián y a Adriana, pero nadie contestó. Al llegar a su habitación, se encontró a Fabián listo para la acción, con una botella casi congelada de su espumoso favorito y dos copas ya llenas. Al recibir una de ellas, Juliana recordó aquel mensaje de texto que había recibido durante el almuerzo y entendió perfectamente lo que estaba ocurriendo, sobre todo, las expectativas de Fabián en cuanto a la celebración.

–¿Adriana estudió? ¿Terminó todas sus asignaciones? –preguntó Juliana copa en mano, lista para su segundo turno y la celebración... de ser absolutamente necesaria.

–Sí, –contestó Fabián con una sonrisa muy peculiar que ella conocía muy bien–. Peeero, además, está de lo más feliz en casa de Catalina y se va a quedar a dormir allá. O seaaa, –dijo con un tono pícaro mientras se deslizaba lentamente hacia Juliana– ...que estamos so-li-tos –puntualizó mientras tomaba a su esposa por la cintura y besaba su cuello suavemente, pero de manera firme. Fue en ese momento que Juliana se percató de que había una música de fondo muy sensual. Fabián había preparado el ambiente ideal para la intimidad: el espumoso, la musiquita, la habitación fría, pero no congelada, y tres velas estratégicamente colocadas que proporcionaban una iluminación perfecta para la ocasión. Era difícil resistirse, a pesar de su cansancio.

Además, para hacer de aquella escena una perfecta, allí estaba Fabián, en todo su esplendor. Tenía puesta la bata de seda negra que ella misma le había regalado con motivo de un aniversario de bodas. Desde el instante en que lo encontró en la habitación, copa en mano, mirándola con ojos de lujuria, estaba segura de que debajo de aquella tela ligera no había nada más que el cuerpo de su esposo. De haber tenido alguna duda, Fabián se había asegurado de confirmarle en el momento en que la tomó por la cintura con autoridad y pegó su cuerpo al suyo para besarla.

Fabián era un hombre elegante, guapísimo, fuera de serie. Sus seis pies y dos pulgadas o metro ochenta y cinco, como decían sus clientes europeos, los llevaba muy bien. Su espalda ancha formaba un triángulo perfecto con su cintura. Era aventurero, extremadamente atrevido y apasionado y, sobre todo, poseía una seguridad en sí mismo impresionante que transmitía cuando quería, con una mirada tan penetrante que Juliana pensaba que le atravesaba el alma. Todavía quedaba algo de aquellos *six-packs* que formaban sus abdominales, que siempre fueron la envidia de sus amigos y era la parte de su cuerpo que enloquecía a Juliana, al menos, hacía un tiempo atrás. Ahora, con algunos hilos plateados adornando su abundante cabellera, Fabián era, para colmo, un individuo muy interesante. Como si todo lo anterior no fuera suficiente, era un león en la cama. Era muy sensual y atrevido. Para él, prácticamente, no había límites. Era un estudioso del arte de la seducción y sabía perfectamente cómo complacer a una mujer, algo en lo que ponía mucho empeño. Pensaba que casi disfrutaba más sabiendo que llevó a su pareja a la cúspide del éxtasis que cuando le tocaba el turno a él. Tenía la combinación perfecta: podía ser un romántico irremediable, pues disfrutaba sorprender a Juliana con flores, chocolates, pequeños regalos sin razón, serenatas románticas y otros detalles; al mismo tiempo, podía ser como un animal salvaje, capaz de llegar a los más lejanos y peligrosos límites de la pasión. Para colmo, podía estar horas retozando en la cama, pues su nivel de energía, y su admirable autocontrol se lo permitían.

A pesar de todo esto, la verdad era que entre Papabuelo, las mociones pendientes, los correos electrónicos que casi le gritaban esperando respuesta y el cansancio producido por el bajón de adrenalina al terminar el juicio, a Juliana no le interesaba *celebrar* y, mucho menos, de la forma que Fabián tenía en mente. Sin embargo, reconoció que el gesto de su esposo, aunque también era muy conveniente para él, era parte de su interés genuino de compartir otra de sus victorias y retomar la intimidad perdida. Aunque no tenía ningún interés en aquella celebración, accedió a los deseos de Fabián y, mientras él *celebraba,* optó por poner en práctica el viejo truco del que siempre bromeaba con sus amigas y *se hizo la muerta.* Aunque había logrado su cometido inicial, la frialdad de aquel encuentro no pasó desapercibida para Fabián.

EL DÍA DESPUÉS

Despertó al otro día, como de costumbre, a las cinco de la mañana, lista para sus ejercicios matutinos. Siempre recordaba que una vez le habían dicho que quien no saca tiempo para hacer ejercicios hoy, tendrá que sacar tiempo para la enfermedad mañana. Por eso, por más difícil que le pareciera, siempre saltaba de la cama para hacerlos durante una hora. Tenía que ser a esa hora porque no había manera de considerar hacerlos en la noche; el cansancio y el llamado *segundo turno* no se lo permitían. Ese día decidió no ir al gimnasio y optó por correr en la calle. La oscuridad de la carretera y el silencio típico de la inmunda hora, le permitían pensar y planificar su día. Sin embargo, su instinto le decía que tenía que visitar a Papabuelo de inmediato; no podía esperar.

Acortó su ruta, se preparó en tiempo récord y salió apresurada al hogar de ancianos donde vivía Papabuelo, no sin antes dejarle una nota a Fabián pidiéndole que se hiciera cargo de Adriana. Al llegar al hogar, entró como si nada y fue directo a la habitación de Papabuelo. Para su sorpresa y preocupación, la cama estaba perfectamente hecha y Papabuelo no estaba allí. De inmediato comenzó a analizar el resto de aquel aposento. Todo estaba en perfecto orden. Los amados libros de Papabuelo estaban alineados como soldados del ejército; sus chanclas estaban colocadas paralelamente, justo debajo de la cabecera de la cama. Su sombrero de ala ancha, el que ante los ojos de Juliana lo transformaba en un elegante caballero del siglo pasado, descansaba encima del gavetero de madera donde guardaba toda su ropa. Todo era demasiado perfecto. Juliana permaneció paralizada por varios segundos mientras paseaba su mirada por todo el cuarto, como evaluando posibles escenarios. ¿Por qué esa cama estaba tan bien hecha? ¿Cómo podía estar todo tan organizado en esa habitación? ¿Dónde podría estar Papabuelo a esa hora? De repente, su mente explotó. Algo pasó y no sabía a qué hospital se lo habrían llevado. *¿Por qué no me llamaron? ¡No puede ser! ¡No me despedí! ¡Voy a demandar a esta gente!*, pensó, mientras intentaba mantener su corazón dentro del pecho. Súbitamente, sintió un escalofrío que le congeló el alma. Entró en pánico y, luego de superar un pequeño mareo, salió corriendo despavorida a buscar a alguien que le diera una explicación.

Al doblar por el pasillo, tropezó con una joven enfermera.

–¿Dónde está mi abuelo? –le preguntó temblorosa y casi gritando–. ¿Por qué no está en su habitación?

Con toda la calma del mundo y con una idea clara de la razón por la cual la cara de Juliana reflejaba desesperación, la enfermera le informó:

–Su abuelo está con sus amigos en su usual caminata matutina. Debe estar de vuelta en unos diez minutos.

En ese momento regresó el alma al cuerpo de Juliana y soltó una risa nerviosa al darse cuenta de su estupidez. La realidad es que era la primera vez que había ido a visitar a Papabuelo a esa hora y no sabía nada de las caminatas matutinas. Su risa era una nerviosa, pero de vergüenza por haber sido tan fatalista y haber saltado a conclusiones equivocadas instantáneamente. La enfermera la miró con ternura y le dijo:

–Ay, m'ija, no te apures, los seres humanos sufren más por lo que piensan que va a pasar que por lo que realmente ocurre. Ven y tómate un té de manzanilla conmigo en lo que te tranquilizas y llega tu abuelo. No quiero que te vea con esa cara tan pálida. Juliana accedió avergonzada. Endulzó con un poco de miel la taza de té que le preparó la enfermera y aún no terminaba el segundo sorbo cuando vio entrar a Papabuelo por la puerta de la cafetería, soltó el té de inmediato y salió corriendo a comérselo a besos. Se proponía seguir el ejemplo de su abuelo, quien, cuando pasaba un tiempo sin verla le decía en son de broma, que cuando la viera le iba a dar *una pela de besos.*

—Te amo, te amo, te amo viejito sinvergüenza. Te adoro Papabuelo. ¿Cómo estás?

El abuelo, encantado con la demostración de afecto y cariño, pero sorprendido por la intensidad de la misma, dio un paso atrás, soltó tiernamente los brazos que casi le arrancaban el cuello y dijo:

—Pero, y esta pela de besos, ¿a qué se debe? —Al mismo tiempo, se dirigió al resto de las personas que estaban presentes y les dijo— Atención damas y caballeros. Les presento a mi novia, perdonen su mala educación, pero es que soy irresistible y no puede controlarse cuando me ve —todos se reían a carcajadas, pues conocían a Juliana. Ella le dio una suave palmada en el brazo, como regañándolo, y le agarró la mano para llevárselo a la mesa, donde la esperaba el té ya medio tibio.

—Cuéntame hija, ¿y esta sorpresa tan agradable? ¿Por qué estás tan colorada?

—¡Ay, Papabuelo! ¡Qué vergüenza! Es que ayer tuve el final de un juicio y estuve todo el día pensando en que por culpa del bendito caso, no había venido a verte en las pasadas dos semanas y eso me tenía mal. Perdóname. Para colmo, entro a tu habitación y veo la cama vacía,

perfectamente hecha, como si fuera un catre militar, y...
–Juliana no pudo hablar más ni esconder sus sentimientos. Comenzó a llorar desconsoladamente, mientras su abuelo le completó la oración:

–Y pensaste que me había muerto. –Ella asintió con la cabeza mientras su llanto se hacía más profundo e incontrolable.

Era una catarsis; lloraba de vergüenza por haber pensado que su abuelo había muerto, pero lloraba porque por fin podía dejar volar todos los sentimientos que tenía amarrados en su pecho, producto de la tensión del trabajo, el deterioro de su relación con Fabián y el sentido de frustración con su vida, especialmente, con su profesión. El abuelo, muy sabio al fin, callaba y dejaba que las lágrimas corrieran libremente por aquellas mejillas que tantas veces había apretado y besado con un amor profundo. En ese momento, no había nada que decir; las lágrimas sanan, limpian el alma. Sabía que no es bueno controlarlas y retenerlas. Nunca adoptó aquella parte del código de conducta no escrito de los *macharranes* con los que se crio, que establecía, en una de sus máximas principales, que los verdaderos hombres no lloran. Él pensaba todo lo contrario: llorar es un acto liberador muy necesario ocasionalmente, cuando los sentimientos ya no caben en el cuerpo ni en la mente; cuando gritar o maldecir no es suficiente, ni es la opción real.

–Llora, hija mía, llora hasta que no quede ni una lágrima que pueda salir de esos ojitos brujos que me hipnotizan desde que te vi por primera vez, el día que naciste. Ya verás que cuando termines, vas a sentirte mejor, –le dijo a su nieta mientras acariciaba su rostro, ahora recostado en su hombro.

Cuando se recuperó de aquel llanto profundo, Juliana se puso de pie, se secó con una servilleta y tomó unas respiraciones profundas mientras caminaba estremecida en círculos pequeños, levantando los brazos lentamente, tratando de liberar lo que le quedaba de aquel exabrupto de humanidad, que, en realidad, ella consideraba un acto de debilidad imperdonable.

–Perdona, Viejo, es que te quiero tanto y tanto, y me hiciste tanta falta en estos días, que sencillamente pensé en lo peor al ver aquella cama. No estoy en mi mejor momento.

–¿Qué no estás en tu mejor momento? –preguntó el abuelo–. Yo te veo espectacularmente bella. Ese traje azul oscuro y esos tacones tan altos... ¡uf! Además, como dicen ustedes, te ves producida, impecablemente maquillada y el pelo perfectamente arreglado. Pensaría que el juicio sigue hoy; digo, si no fuera porque es sábado. ¿Para dónde vas tan emperifollada?

En ese momento regresó la risa nerviosa de Juliana. Acababa de darse cuenta de que era sábado. No tenía trabajo, ni razón para estar *disfrazada* de abogada litigante. *¡Qué ridícula! ¡Qué distraída!*, pensó.

—Abuelo, te digo que estoy mal, mal, mal. Me acabo de enterar por tu pregunta que hoy es sábado. —En ese mismo instante, Papabuelo soltó una estruendosa risotada, de esas que lo habían hecho famoso en el hogar. Su risa era muy peculiar y extremadamente contagiosa.

—Juliana, —le dijo el abuelo muy serio cuando paró de reír— mírame a los ojos porque tengo que decirte algo que no me vas a creer. Es un secreto que tiene que ver con lo que sentiste y pensaste esta mañana al ver mi cama vacía. Óyeme bien porque esto es bien importante: las estadísticas más recientes indican que, del total de personas vivas, o sea, de los 7 mil millones de habitantes del planeta Tierra, el 100% se va a morir. ¡Es increíble!

El abuelo, muy serio, la miraba fijamente a los ojos esperando una reacción, mientras Juliana, hipnotizada, pensaba sobre lo que había escuchado, decidiendo si había algún mensaje subliminal que no estaba captando. No pasaron tres segundos cuando volvió a escucharse la risotada contagiosa del abuelo, acompañada de patadas en el piso y aplausos sonoros.

—No te preocupes por la muerte, eso va a ocurrir inevitablemente. Preocúpate por vivir de tal modo que tu legado viva más que tú. —Reflexionó Papabuelo— Realmente, solo mueres cuando se olvidan de ti. Un músico famoso decía: «*No vivas para que tu presencia se note, vive para que tu ausencia se sienta*»... y *Maya Angelou nos dio la clave cuando dijo*: «*Las personas podrán olvidar lo que les dijiste y lo que hiciste, pero nunca olvidarán cómo los hiciste sentir*» ...y yo estoy muy de acuerdo con los dos.

Juliana vivía impresionada por la inmensa sabiduría que, día a día, le demostraba su abuelo. Siempre tenía algo que decir, pero algo práctico, útil. Era muy distinto a mucha gente que conocía, sobre todo compañeros de profesión quienes hablaban, no cuando tenían algo que decir, sino porque tienen que decir algo.

–Abuelo, de verdad que me sorprendes con tus dichos, tus citas y tus pensamientos. Es impresionante cómo alguien como tú, que no tuvo la oportunidad de ir a la escuela, sepa tanto de todo y tenga un pensamiento tan lógico.

–Sabes lo que pasa mi Julianita –dijo el abuelo tomándole las manos a su nieta– que hace años se inventaron algo que cura la más terrible de las enfermedades humanas, la ignorancia; ¿sabes qué es?: los libros. Además, con la Internet y las redes sociales, no hay excusas para ser ignorante en el siglo XXI. Esa iniciativa tuya de leerle a Adriana todas las noches y de tenerle esa colección de libros disponible es algo extraordinario. ¿Todavía lo haces? –Juliana asintió orgullosa mientras el abuelo continuaba:

–Me imagino que a veces piensas en lo caro que salen esos libros, ¿verdad? Pues, cuando ese pensamiento te ataque, solo piensa que sí, es correcto, la educación es cara, pero la ignorancia también lo es –pausó–, creo que eso lo dijo Claus Moser...

–Pero no tengo idea de qué músico famoso me estás hablando –interrumpió Juliana excitada.

El abuelo escuchó esa contestación y, en lugar de decirle quién era el músico al que se refería, tomó a Juliana por la cintura y comenzó a bailar tarareando una canción cuyo coro decía «*Don't worry... about a thing, cause every little thing is gonna be alright...*». Juliana brincó súbitamente y apartándose del abuelo, le dijo, cual niña que descubre una sorpresa:

–¡Marley! ¡Bob Marley! ¿Es ese el músico abuelo?

–Ese mismo –dijo Papabuelo mientras volvía a tomarla por la cintura para seguir bailando mientras cantaba otra parte de la canción, casi muerto de la risa– «*... rise up this mornin', smiled with the risin' sun, three little birds, pitch by my doorstep, singin' sweet songs...*» no pares Juliana, no pares, la música es parte esencial de mi vida. Canta y baila y verás cómo tu estado de ánimo cambia para bien.

Y no bromeaba, aunque siempre le gustó la fiesta y el baile y siempre bailó muy bien, le dio con tomar clases de bailar salsa a los cincuenta y tantos años y desde entonces, no podía parar de bailar a la menor provocación. La música lo hacía feliz; lo poseía. Cuando bailaba se olvidaba de todos sus problemas y sentía que estaba en una especie de éxtasis emocional indescriptible.

Terminaron de bailar y se fueron tomados de la mano hasta la habitación del abuelo; ahí, recordando nuevamente lo que le había contado su nieta, le dijo:

—Déjame contarte un par de cosas sobre la vida y la muerte, un poco más serias que la estadística jocosa que te di hace un rato.

—No abuelo, prefiero no hablar de eso. El tema me asusta y me deprime.

—No le tengas miedo. Tengo unas ideas que me han dado vueltas en la cabeza por demasiado tiempo y necesito compartirlas contigo. Son cosas que leo, pienso y reflexiono con mucha frecuencia que me dan mucha paz en esta etapa final de mi vida. Pero ven, volvamos al patio que aquí me siento un poco encerrado y, con los años, he aprendido que el verdor de la naturaleza me energiza. —Nuevamente, Papabuelo tomó a su nieta de la mano y caminó junto a ella pausadamente hasta llegar al patio central del hogar.

—He vivido una vida plena, sobre todo, porque he recibido amor de muchas personas. Nunca tuve grandes riquezas, pero soy fiel creyente de que nunca vas a ser rico hasta que tengas algo que no puedas comprar con dinero. Tengo muchos ejemplos de eso, empezando por ti. Siempre tuve claro que la muerte es segura, pero no porque tenga una visión pesimista u oscura de la vida, sino como un recordatorio de la fragilidad de nuestra existencia y de que tenemos un tiempo limitado para hacer lo que tengamos que hacer en la Tierra. No somos eternos. Por eso, hace años dejé de vivir la vida como si fuera a vivir dos veces; dejé de escribir mi vida en borrador, cuando me di cuenta de que quizás nunca podría pasarla en limpio. No puedes hacer lo mismo durante 75 u 80 años y llamarlo *una vida*. Verás Julianita, yo decidí que voy a morir vacío. –Juliana se puso de pie, casi de un brinco y lo miró con cara de espanto.

–Pero, ¿no me acabas de decir todo lo contrario, abuelo?... que viviste tu vida a plenitud, amaste y fuiste amado, etcétera, ¿cómo me dices ahora que vas a morir vacío? No entiendo.

–Déjame explicarte un poco esto de morir vacío, porque sé que suena fatal. Morir vacío no significa lo que estás pensando; no significa que estoy solo, triste o incompleto. Nada de eso. En mi caso, cuando digo morir vacío a lo que me refiero es a que, cuando llegue mi hora, pueda decir que hice todo lo que quería hacer, aporté a un mejor mundo y a un mejor país, añadí valor a la vida de las personas que viven a mi alrededor, fui un buen ejemplo para mi hijo y le enseñé todo lo que sabía, disfruté y compartí a plenitud con mi nieta y mi bisnieta, de todas las cosas maravillosas que nos da la vida. Morir vacío significa que lo diste todo durante la vida y no te quedaste con nada por dentro. En fin, que cuando te toque, debes morir con recuerdos, no con sueños. Para eso, tienes que descubrir cuál es tu propósito en la vida. Mark Twain dijo que *los días más importantes en la vida de un ser humano son el día que nace y el día que descubre para qué.*

–¡*Wow*, abuelo, amaneciste inspirado hoy! –exclamó Juliana tratando de asimilar aquella filosofía de vida expuesta tan claramente por el octogenario a quien amaba más a que a nadie, con excepción de Adriana.

Su abuelo había sido su mentor durante toda su vida y, además, había sido la clave para que ella continuara estudiando en su época más difícil, especialmente, luego de la muerte de su madre. Cada vez que ella se quejaba de lo difícil que era, de lo mal que había salido en un examen, Papabuelo siempre le repetía: «*Hija mía, el problema no es caerse; el problema es no levantarse. Hay un proverbio que dice: "Si te caes ocho veces, levántate nueve", así que no me vengas con el lloradito de que te fue mal en un examen. Sigue hacia adelante y si vuelves a fallar, vuelve a tratar y esta vez, falla mejor. Michael Jordan, que para mí es el mejor jugador de baloncesto de todos los tiempos, dijo algo así: "He fallado una y otra vez en la vida y, precisamente por eso, es que soy exitoso"*».

Sus enseñanzas a través de su vida eran interminables y Juliana las aplicó con gran éxito. Sin embargo, lo que el abuelo le decía ese sábado era demasiado profundo; era como si se hubiese ido al Tibet a reflexionar por varios años y hubiese regresado con infinita sabiduría. Necesitaba tiempo sola para asimilarlo todo.

Llegó la hora del almuerzo y Juliana se dio cuenta de que la visita era la más larga que le había hecho a Papabuelo desde que estaba en el hogar. El tiempo corrió sin que se diera cuenta y pensó que tenía que ir a buscar a Adriana para compartir un rato con ella. Se despidió del abuelo, quien le agradeció el tiempo que estuvo con él, pero pidió que viniera más a menudo, pues había cosas que tenía que decirle sobre el tema que habían abordado esa mañana. Además, le pidió que le llevara a Adriana. Ella prometió hacerlo y le dio un abrazo enorme, de esos que rompen costillas, tal y como le habían enseñado desde niña. «Duro Juliana, un abrazo de oso, que se sienta», recordaba a su padre decirle cuando abrazaba a alguien frente a él.

Justo en el momento en que salió del hogar de ancianos, Juliana recibió una llamada de su esposo recordándole que el partido de fútbol de Adriana comenzaba puntualmente a la 1:00 p. m., en la cancha que más detestaban, por lo lejos que quedaba de su residencia y por la fanaticada hostil que siempre aparecía en esos juegos.

Juliana no podía entender cómo algunos padres no internalizaban que aquellos partidos tenían el objetivo de que las niñas se ejercitaran y, de paso, se mantuvieran alejadas de vicios y los peligros de la calle. Mientras menos tiempo de ocio y aburrimiento tuvieran disponible, mejor se cumplía el cometido. A pesar de ello, muchos padres iban a los partidos a gritar como desenfrenados y, de entenderlo necesario, llegaban hasta a insultar y ofender a las niñas de 8 y 9 años que jugaban en el equipo contrario al de sus hijas. De todos modos, a Adriana le fascinaba jugar, a pesar de que no era la atleta más destacada en el campo de juego.

Llegó a la cancha justo cuando sonaron el silbato para comenzar. Le clavó la mirada a Adriana hasta que pudo hacer contacto visual con ella. Era la primera vez que llegaba temprano a un juego en el último mes y quería que su hija se percatara de ello.

–Vamos Adriana, corre duro –gritó para que la viera.

Inmediatamente buscó a Fabián entre los fanáticos y lo encontró haciéndole señas para que se sentara a su lado. Al llegar, ambos se abrazaron como si no se hubiesen visto en años. A pesar de la distancia que los separaba emocionalmente desde hace un tiempo, en ese momento, todo se olvidó a beneficio de Adriana. Se concentraron en el partido y en su hija, como hipnotizados, hasta finalizado el primer tiempo. En el mismo instante en que sonó el silbato, Fabián tomó a Juliana por las manos y la miró fijamente y le dijo:

–Amiga, usted y yo tenemos que hablar. Anoche te noté muy distante y lo de esta mañana estuvo fuerte. ¡Que despiste, Juliana! ¿Estás bien?, ¿hay algo que yo deba saber?, ¿algo que me quieras decir?

–No, mi amor, es que tengo demasiado en la cabeza y el juicio me sacó de paso, pero todo está bien. Te lo aseguro. –Fabián asintió conforme con una sonrisa forzada, aunque sabía que algo andaba mal.

No acabaron de hablar cuando llegó Adriana corriendo y se le tiró encima a Juliana, toda sudada, gritando de alegría:

–¡Mamiiiiiiiiiii, llegaste a tiempo! –Luego de tomar un poco de agua y recibir una palmadita para animarla, Adriana salió corriendo al banco para recibir las instrucciones de su dirigente para la segunda mitad. Estaban abajo 1-0 y había que cambiar la estrategia para poder igualar el marcador. El partido continuó. Fabián y Juliana no volvieron a cruzar palabra, que no fueran gritos de ánimo a su hija y aplausos al equipo cuando lograron empatar el marcador faltando un minuto, con una milagrosa patada de Paola, la capitana del equipo. No habría tiempo extra ni patadas para desempatar, de modo que el resultado fue un glorioso empate que, para el equipo de Adriana, tenía un gran sabor a victoria.

Mientras las niñas de ambos equipos se saludaban amistosamente, una de las madres del equipo contrario le gritó algunos improperios a Adriana, quien había desviado con su cabeza el último intento de gol de la delantera estrella del equipo contrario, justo antes de que llegara el silbato final. Eso no le gustó nada a la madre de la jugadora, quien le gritaba a Adriana: «¡¡*Eso fue suerte; no habías hecho nada en todo el juego y estabas parada ahí de milagro; la pelota encontró tu cabezota gigante; jamás volverá a pasarte porque no sabes jugar!!*». Adriana comenzó a llorar mientras corría hacia sus padres buscando protección de aquella salvaje desconsiderada, quien le vociferaba, totalmente fuera de control, como si fuera su peor enemiga. Juliana se viró agresivamente hacia la señora aquella, con cara de pocos amigos, lista para decirle lo que se merecía y proteger el honor de su hija. Además, ganas no le faltaban de hacerla callar, pero justo cuando se disponía a increparla, recordó dónde estaba, quién era y, sobre todo, que estaba con su hija. Aquella mujer no merecía que le hiciera caso y, mucho menos, que la premiara con una contestación a sus insultos. Recordó otra cita del escritor Mark Twain, quien una vez dijo: «*Nunca debes discutir con personas estúpidas, porque te obligarán a bajar a un nivel donde solo ellas son expertas y perderás la batalla ante su experiencia*». Siempre tenía en mente que su hija no aprendería tanto de ella por lo que le podía decir, como por lo que podía enseñarle con el ejemplo. Sabía muy bien que lo que hacemos tiene mucho más impacto que lo que decimos. Esa era una oportunidad de enseñarle a Adriana con el ejemplo y no la iba a desaprovechar. Se viró, dándole la espalda a la mujer y siguió su camino para encontrarse con su hija y su esposo, no sin antes darle una mirada amenazante y de rechazo total. Mientras, la furibunda mujer le hacía señas, invitándola a acercarse y, seguramente, para entrarle a golpes.

—Mami, ¿qué le pasa a la vieja loca esa? –preguntó Adriana.

—Adriana, no le digas así a esa señora. Está muy mal lo que te dijo, pero tú no puedes referirte a ella de esa manera tan despectiva, aunque esté actuando mal.

—Perdón, mami, pero yo no le he hecho nada y mira lo que me dijo. ¿La vas a defender?

A Juliana no le gustó nada la actitud de Adriana, quien ahora se refugiaba en los brazos de su padre.

—No, Adriana, no la defiendo. Solamente quiero que entiendas que hay mucha gente así en el mundo y no quiero que tú bajes a ese nivel. Sabrá Dios los problemas que tiene esa mujer para hablarte así. Detrás de cada persona hay una historia que no conocemos. Solo quiero que entiendas que, aún a tu corta edad, debes aprender a ignorar ese tipo de comentario. Esas palabras solo te van a hacer daño si tú lo permites. No lo permitas, mi amor.

No vale la pena. –Adriana soltó a su padre y corrió a abrazar nuevamente a su madre.

Buscaron a Paola, la capitana del equipo e hija de Mercedes, la mejor amiga de Juliana. Mercedes raras veces iba a los juegos porque siempre tenía trabajo y, el poco tiempo que le sobraba, era *para ella*, como solía decir. Los sábados eran su día sagrado de *hacerse* el pelo, las uñas, los pies y, si era posible, darse un masaje corporal de un par de horas, que a veces incluía hasta facial. Igualmente, le gustaba terminar sus sábados en algún bar o club nocturno.

«*Tengo mucho trabajo, Juliana, no puedo parar. Aunque es injusto e irracional, tienes que reconocer que, todavía, este es un mundo dominado por los hombres y para destacarnos, las mujeres tenemos que hacer el doble del trabajo. Sé que ahora es difícil para Pao no verme en los juegos, pero yo sé que a la larga lo entenderá y apreciará. Son solo juegos sin importancia*». –Ese era el discurso de Mercedes cada vez que surgía el tema. Parecía una especie de mantra que se repetía a sí misma para convencerse de que era lo correcto.

Paola no solo era la mejor jugadora del equipo, sino que era encantadora, muy educada y cariñosa, lo cual hacía muy fácil la tarea de cuidarla y hacerla parte de la familia por horas, todos los sábados. Sin embargo, a Juliana no dejaba de darle mucha pena y de preocuparle el patrón de conducta observado por su íntima amiga, a quien consideraba una hermana. Estaba convencida de que Mercedes estaba equivocada y que le hacía daño a su hija con sus constantes ausencias a los juegos y otras actividades, además de su aparente indiferencia hacia los mismos.

–Aquí me llevo a las dos heroínas del juego de hoy, la que anotó nuestro único gol y la que evitó que el otro equipo metiera el gol de la victoria –dijo Juliana mientras tomaba por las manos a las dos niñas, todavía emocionadas e incrédulas por el logro obtenido ante un equipo muy superior.

–Esta es la campeona de hoy –dijo Paola con humildad, mientras levantaba el brazo de Adriana–. Si ella no detiene ese último tiro, mi gol no hubiera servido de nada.

–Para eso estamos –dijo Adriana emocionada–, esto es un trabajo en equipo, como dice *coach* Páez, aquí nadie gana ni pierde un partido por sí sola. Todo se puede lograr trabajando en equipo si no te importa quien recibe el crédito.

–¡Muy bien! Adriana, ya veo que *coach* Páez enseña algo más que jugar fútbol. Bueno, pues, ¿qué comemos? –preguntó Juliana–. Hoy se merecen lo que quieran.

–¡Pizzaaaaa! –gritaron a coro las niñas sin titubear.

Juliana y Fabián estaban hartos de las pizzas sabatinas, pero sabían que era el plato favorito de las niñas y las llevaban siempre al mismo lugar donde ya los conocían y complacían. De paso, aprovechaban el rato para degustar algunas de las cervezas artesanales que el propio dueño del negocio preparaba semanalmente.

Mientras las niñas comían, Fabián se acercó a Juliana y le dijo en tono bajo:

—Juli, necesito saber qué pasa. Te conozco como nadie y sé que algo anda mal. Quiero saber ahora.

—No quiero hablar de eso ahora, Fabián, y mucho menos aquí. ¿Cómo se te ocurre?

—Ah, ¿no?, ¿y cuándo tú crees que es el momento? —Fabián se levantó molesto, pero disimuló muy bien frente a las niñas—. Me avisas cuando te dé la gana de hablar, pero asegúrate de que no sea muy tarde —le dijo Fabián al oído y le dio un beso en la mejilla como si no hubiera pasado nada.

Hizo lo propio con las niñas, a quienes les dijo que tenía que hacer unas cosas. Juliana quedó aturdida con lo que pareció ser una advertencia de parte de Fabián. Nunca le había hablado así. Obviamente, las cosas entre ellos no andaban bien y era su culpa. Para colmo, no había tenido el valor de hablar el asunto con él porque no sabía qué decirle. No tenía una explicación puntual que darle, porque ni ella misma sabía muy bien lo que le ocurría. Ciertamente, Fabián no tenía la culpa de lo que fuese.

La abrupta partida de su esposo dejó a Juliana muy pensativa y su mente se fue en un viaje de recuerdos. Fabián había sido un marido modelo y un padre ejemplar. No solo era un buen proveedor, aunque el ingreso principal en el hogar era el de ella, sino que era un compañero cariñoso y comprensivo que la apoyaba sin condiciones en todos sus proyectos y, sobre todo, con los retos inmensos de su carrera profesional como socia de uno de los estudios legales más importantes del país. Como padre, no se podía pedir más. Adriana lo veía como su superhéroe. Para ella, Fabián era el más grande, el más fuerte, el más inteligente y más guapo de todos los papás. Cuando Adriana era una bebé, Fabián se despertaba por las noches para buscarla a su cuna y llevársela a Juliana para que la lactara. Luego de terminado el proceso, se la llevaba de vuelta a su habitación y le cantaba canciones de cuna en un sillón mientras le sacaba los gases, hasta que quedara dormida. De esa forma, Fabián cumplía con ella y le permitía a su esposa dormir más, ya que Juliana necesitaba esas ocho horas de sueño. Fabián, por otro lado, funcionaba perfectamente bien con cinco o seis.

Fabián era el papá que se dejó maquillar por su hija de cuatro años. Adriana le ponía lápiz labial, sombra en los ojos y hasta le pintaba las uñas. Cuando terminaban el proyecto, se sacaban una foto para enviársela a Juliana, quien, en aquella época, solía trabajar casi hasta las ocho de la noche todos los días.

Era Fabián quien buscaba la manera de disfrazarse en pareja con su hija para recoger dulces por las casas, cuando llegaba la época de la celebración de la Noche de Brujas. Uno de sus recuerdos favoritos fue la vez que rentó un disfraz del genio de la lámpara para hacer pareja con Adriana y su disfraz de la princesa Jasmine, de la película *Aladino*. Esa tarde, poco antes de que se pusiera el sol, apareció en la casa disfrazado, sin avisar. Adriana, en su inocencia, pensó por un momento que era verdaderamente el genio de la película. Fue una noche mágica para ambos. Mágica, hasta el momento en que todos los niños del vecindario querían saludar, tocar y tomarse fotos con el genio, lo cual motivó los celos de Adriana y provocó que comenzara a gritar con toda su fuerza: «*Ese no es el genio, ese es mi papá. ¡Es mío!*», mientras corría a tomarle la mano al genio, marcando territorio. Su papá era de ella y no estaba dispuesta a compartirlo.

Aunque a Juliana le encantaba todo esto, no podía evitar sentir un poco de culpa y envidia por no estar allí. Fueron muchas las noches que no estuvo en la casa cuando Adriana se acostaba, especialmente, antes de que empezara en la escuela. Cada vez que llegaba y solo alcanzaba a besarla mientras dormía como un angelito, se le rompía el corazón y pensaba que faltaba en su rol de madre.

—¡Mami, mami! —dijo Adriana en voz alta.

—Pero, ¿por qué me gritas? —dijo Juliana un poco exaltada y molesta.

—Es que llevamos como un año tratando de decirte que queremos postre y no nos haces caso —interrumpió Paola con mucho respeto, pero firme.

—Perdonen niñas, perdonen de verdad —dijo Juliana cuando se percató de que había estado en una especie de trance momentáneo.

—¿Estás bien mami? Estás pálida, como si hubieses visto un fantasma.

—Sí, mi amor. Estoy bien. Solo parece que algo me cayó mal. ¿Qué quieren de postre? Ah, ya sé... ¡flan de vainilla! —dijeron las tres a coro, mientras se reían a carcajadas. Era totalmente predecible que pidieran ese flan, pues lo hacían todos los sábados, sin excepción.

Mientras las niñas se devoraban el postre tan deseado, Juliana, todavía pensativa, recibió un mensaje de texto de Fabián recordándole que esa noche iba al partido de fútbol de su equipo con los amigos de la oficina y que llegaría tarde a la casa. El mensaje la tomó desprevenida, no por el hecho de que iba al partido, pues eso ya ella lo sabía, sino por lo temprano que Fabián se estaba *despidiendo*. Era obvio que estaba muy dolido y molesto con ella, pues no tenía interés de regresar a su casa antes del partido. Juliana solo contestó con un *Ok* y se fue con las niñas a casa de Paola, donde las esperaba Mercedes, ya debidamente recortada, peinada y masajeada.

–¡Empatamos! –gritaron las niñas al llegar, como si hubieran ganado el campeonato.

–¿Tanta celebración por un empate? –preguntó Mercedes con desdén. Las niñas miraron a Juliana con cara de incredulidad, siguieron muy felices a la habitación de Paola y la dejaron a cargo de explicar su felicidad.

–La verdad es que no puedo creer esa pregunta, Mercedes. Las nenas están contentísimas con el empate, porque fue contra el mejor equipo de la liga y tú preguntas «*¿por qué tanta cosa por un empate?*». De verdad que me decepcionas. ¿Sabes lo que significa para tu hija?... que, por cierto, es la mejor jugadora del equipo y metió el único gol.

–¡Qué sé yo, Juliana! Le das demasiada importancia a un estúpido juego de niñas de ocho y nueve años. ¡Por favor! Tampoco es para que saques las cosas de proporción. No es para tanto, cariño. Ven, vamos a darnos una copita de champán que hoy es sábado y la semana estuvo intensa.

–¿Intensa? Dímelo a mí, mujer. La intensidad de la mía no ha terminado.

–¿Por qué me dices eso? Hoy es sábado. ¿Tienes que trabajar? Yo decidí que hoy iba a cogerlo suave, así que me levanté a las 6 y trabajé hasta las 9 nada más. De ahí en adelante cogí el día para mí. Mañana sí que voy a trabajar todo el día para que el lunes no sea tan pesado.

–No chica, es que tuve una semana fuerte con lo del juicio y hoy tuve una grande con Fabián. No sé qué vaya a hacer. No tengo respuestas ni explicaciones que darle.

–Mira, Juliana, vamos a hacer algo. Termina esa copita y relájate. Vamos a salir tú y yo esta noche, sin los maridos. Nenas solas. Así nos ponemos al día en nuestras cosas. ¿Qué crees?

–Pues… la verdad es que no tengo compromiso porque Fabián se va para el partido con los amigos. Pero, ven acá, tú ni has hablado con Paola.

–Olvídate de eso que ella entiende. Y Marcos me dijo que se quedaba con las niñas, porque prefiere quedarse tranquilo en casa viendo tele y no quiere salir a ningún lado esta noche.

–Entonces me apunto, porque no quiero estar sola esta noche, pero te tengo que admitir que me preocupa mucho tu ausencia en la vida de Paola. Sé que piensas que es solo una etapa y que ella a sus 9 años entenderá tu sacrificio, pero no estoy de acuerdo. La vida se va bien rápido y, cuando nos demos cuenta, estas niñas serán adolescentes y quizás sea muy tarde para Paola y para ti.

Esa base es importante, Mercedes. Tienes que asegurarte de que esas raíces estén firmemente afincadas. Además, tú, con tanto tiempo que dedicas al trabajo, te estás descuidando mucho. No te ejercitas y tienes hábitos alimentarios horribles. Para colmo, fumas como una chimenea. Eso es una receta para el desastre. No puedes seguir abusando de tu cuerpo.

–Mira, Juliana, yo te agradezco tu preocupación genuina, pero déjalo ahí. Tenemos filosofías distintas. Tengo que aprovechar estos años para echar hacia adelante la familia y asegurarle un mejor futuro a Paola. Eso requiere largas horas de trabajo, las que sean necesarias, aunque no duerma, no descanse, ni vea a Paola tanto como quisiera. Tendré tiempo para descansar cuando me muera. Por eso yo me chupo la vida, trabajo como un animal y fiesteo y bebo buen vino cada vez que puedo. La vida es corta, Juliana, no sé cuánto tiempo más voy a durar –dijo Mercedes con convicción–. Soy madre soltera y el futuro de mi hija depende exclusivamente de mí. Mi inútil exesposo no sirve para nada. Desde que nos divorciamos, no visita a Paola, no la llama, ni le escribe. Para colmo, siempre tiene una excusa para retrasarse o, incluso, no pagar la pensión ridícula que le fijaron. No cuento con él para nada, así que me toca todo a mí y le meto el pecho con orgullo. A mí no me hace falta ningún hombre que me mantenga. Para eso me preparé académicamente y me fajo trabajando.

–En eso estamos de acuerdo, Mercedes, la vida es corta. El problema es que tenemos ideas bien distintas sobre la manera de vivirla y, sobre todo, a qué cosas dedicarles el tiempo. Tú vives la vida a lo loco, sin plan, sin dirección. El problema con eso es, como dijo Jim Rohn, que si no diseñas tu propio plan de vida, es posible que caigas en los planes de otras personas que no han planificado nada para ti. ¿Has pensado en eso?

–Sí, Juliana, –dijo Mercedes en tono sarcástico– lo que pasa es que yo, con todo el respeto a ese Jim Rohn, pienso más como Hans Christian Anderson: «*Disfruta la vida que hay tiempo suficiente para estar muerto*».

–Ay, Mercedes, tienes que cambiar tu enfoque y tus prioridades. Tú solo vas a cambiar cuando sea más difícil sufrir que cambiar. En serio, cambia tú antes de que tengas que hacerlo. Y ya que quieres competir conmigo con el asunto de las citas, te advierto que al paso que vas, como decía el filósofo Lao Tzu: «*Si no cambias de dirección, vas a terminar en el lugar al cual vas dirigida*». Y, en tu caso, eso no es nada bueno –sentenció Juliana mientras se bebía el último sorbo de la copa–. Papabuelo me ha hablado mucho del tema del tiempo. Recuerdo que una vez me mencionó que un tal Karl Sandburg dijo: «*El tiempo es la moneda de tu vida. Es la única que tienes y solo tú puedes determinar* cómo se va a gastar. *Ten cuidado de permitir que otras personas lo gasten por ti*». Creo que tu caíste en eso hace rato y no te diste cuenta.

–Bueno, ya me cansé de las citas. Nos quedamos bebiendo aquí, ¿qué te parece? –preguntó Mercedes sin hacerle mucho caso a su amiga.

–Muy bien, –dijo Juliana– pero no quiero maltratarme mucho porque quiero llevar a Adriana a visitar a Papabuelo mañana. Él me pidió que se la llevara y no quiero esperar otra semana.

–Pues, ve y báñate que te busco algo cómodo para que te pongas. Así sudada no te quiero aquí –dijo Mercedes riendo–. Mientras, ve y dile a las niñas que se bañen. Cuando se enteren de que ustedes van a dormir aquí hoy, harán fiesta.

Así fue. Al enterarse, comenzó una gritería celebratoria, solo interrumpida por la triste noticia de que tenían que bañarse inmediatamente. Una vez cumplida esa tarea, la vida era de ellas para jugar y retozar a sus anchas. A ambas les encantaba eso, sobre todo, porque no solían hacerlo con frecuencia.

Juliana y Mercedes se bebieron tres botellas de un champán carísimo, que habían sobrado de la última vez que se encontraron. Eso era bastante más de lo que Juliana había planificado, pero no tuvo otro remedio que acompañar a su amiga. De todos modos, tampoco era un gran sacrificio para ella beber champán.

Esa noche hablaron de muchos temas. El alcohol ayudó a destrozar las barreras de la prudencia y se tocaron asuntos muy íntimos de cada cual, que incluso nunca se habían atrevido a mencionar en sus cientos de conversaciones previas, incluyendo el tema de Fabián.

–Cuéntame, Juliana, ¿qué te pasó con Fabián que alarga la intensidad de tu semana? –preguntó Mercedes en tono sarcástico.

–Pues, nada, hace tiempito ya que me vengo sintiendo medio extraña y no puedo identificar bien qué es lo que me ocurre. Me siento que he perdido el norte y que cosas que antes me disfrutaba, ya ni me interesan, empezando por nuestra profesión. Nada me hace feliz. Eso me tiene medio tristona, un poco confundida y atolondrada, lo cual ha afectado mi vida con Fabián y, ciertamente, nuestra intimidad.

–Yo creo que a ti lo que te hace falta es una buena aventura amorosa. En tu caso, tiene que ser un tipo medio feíto, pero que te rompa los esquemas y te saque de ese marasmo que tienes ahora mismo.

–Por favor, Mercedes, ¿qué te pasa? Tú sabes que yo nunca he sido infiel y no tengo planes de serlo. Además, no tengo necesidad alguna de hacerlo, porque mi problema no es que Fabián no sea un buen amante ni mucho menos un mal padre o esposo. Sabes muy bien que es todo lo contrario. Por eso es que me da tanto trabajo descifrar qué es lo que me está ocurriendo y se me hace tan difícil explicarle a él algo que, sencillamente, no entiendo.

–Bueno... piénsalo, porque a mí me ha funcionado muy bien durante mis tres matrimonios –dijo Mercedes con una media sonrisa en sus labios, mientras clavaba su mirada en la de Juliana esperando una reacción de su amiga–. Además, a ese compañero tuyo de trabajo se le nota que se babea por ti. Por eso es tan complaciente contigo y siempre está disponible para trabajar la *milla extra*.

–¿Quién? ¿Mario? Pero, ¿te volviste loca? Eso nunca va a ocurrir. Mario es un profesional muy trabajador igual que nosotras. No confundas la gimnasia con la magnesia, Mercedes.

–Pues sigue en tu negación, Juliana. Sé que lo haces para protegerte, pero tú sabes más que eso. Además, lo que se ve no se pregunta –dijo Mercedes riéndose–. Un buen tropezón es lo que te hace falta para que entiendas que ni la vida ni tú, Juliana Isabel Guevara, son perfectas.

–De verdad que siento que no te conozco –dijo Juliana indignada–. Quisiera saber de qué manera esto que me estás recomendando, sirve para mejorar de alguna manera la relación de pareja entre Fabián y yo. No te puedo creer que me estés sugiriendo eso.

Y era verdad lo que decía Juliana. Aquella Mercedes que le hablaba un poco motivada por los efectos del alcohol, no se parecía en nada a la amiga y compañera de estudios y de aventuras que había conocido muchos años antes. Parecía una persona distinta. Mercedes siempre fue de pensamiento liberal y, ciertamente, muy atrevida en su proceder. Sin embargo, esto que estaba escuchando Juliana, no le cuadraba con su personalidad. Optó por pensar que sus *valiosos* consejos eran producto del alcohol y no le dio mucho color al asunto. No obstante, lamentó no haber podido obtener de ella ningún consejo que entendiese práctico y valioso para una situación tan complicada como la que estaba atravesando en ese momento.

Mercedes había estado presente en los momentos más importantes de la vida adulta de Juliana. Fue la persona que le dio los consejos más acertados sobre asuntos tan sencillos como su primer novio formal, el consumo de alcohol, el manejo de las drogas ilegales y hasta qué área del derecho debía practicar. Además, fue la primera persona que supo de Fabián, el galán que la había deslumbrado desde el primer momento en que lo vio. Mercedes fue la madrina de su boda y, ambas, hasta casi coordinaron simultáneamente la concepción de sus hijas. En fin, Mercedes y sus consejos eran parte integral de la vida de

Juliana, quien la consideraba su hermana y confidente. La opinión y las recomendaciones de Mercedes siempre habían sido útiles para ella, excepto por ese preciso momento de su crisis con Fabián. De todos modos, se quedó pensando en lo que su amiga le estaba planteando tan crudamente. Mario no era especialmente atractivo; era todo personalidad. Su gran sentido del humor y su seguridad en sí mismo eran sus grandes atributos. Además, era poseedor de un amplio léxico y era un gran orador, lo cual le permitía convencer al más escéptico juzgador. De igual modo, era un gran profesional y una extraordinaria mente jurídica. Juliana lo admiraba por eso y disfrutaba trabajar con él, compartir durante los múltiples almuerzos y sus conversaciones no vinculadas al trabajo. Era muy culto y un ávido lector de temas no relacionados a las leyes. Odiaba hablar de trabajo fuera de la oficina y decía, con razón, que muchos abogados se convierten, sin darse cuenta, en analfabetas jurídicos, pues solo hablan del caso que ganaron o del juez tal o más cual. Lo cierto es que muchas veces usaban el tema como una línea para impresionar en un bar. Juliana disfrutaba de su compañía, pero nunca había pensado en lo que dijo Mercedes. *¡Qué ridícula y qué mente sucia!* –pensó.

–Pues sabrás, Mercedes, que Fabián es un superamante, no me hace falta nadie más. La que está mal soy yo. Imagínate, que ayer me esperó con una botellita de mi champán favorito, flores, musiquita sexy y yo nunca tuve deseos de nada. Es más, ¡adivina lo que hice!

–¿No me digas que usaste el viejo truco?

–¡Exactamente!, me hice la muerta. –Juliana no pudo aguantar los deseos de reírse, pero en realidad aquello no le daba ninguna risa. Por el contrario, Mercedes, quien ciertamente ya estaba un poco afectada por las interminables copitas de aquel champán exquisito, no pudo aguantar dentro de su boca el último sorbo y lo escupió encima del sofá cama, mientras soltaba una risotada burlona que a Juliana le resultó un poco exagerada.

–No te puedo creer que te hayas hecho la muerta. Me has dicho mil veces que Fabián es un monstruo en la cama y que, según tú misma dices, «*te transporta a lugares que jamás has imaginado*».

–Pues así fue. Imagínate cómo estoy, Mercedes, y tú no me tomas en serio.

–Ay, Juli, es que tú te tomas la vida muy en serio y eso tampoco es bueno. Además, hazme caso: un cuernito al año no hace daño.

Continuó haciéndole algunos cuentos sobre sus aventuras recientes, sin percatarse de que su amiga, en realidad, necesitaba que la escucharan y recibir un buen consejo.

Por su parte, Juliana quedó impresionada con muchas de las revelaciones de Mercedes y, a la vez, preocupada por la manera liviana con que tomaba el asunto de su salud, su relación de pareja y su familia, incluyendo la crianza de Paola. En su "libro", todo eso tenía que permanecer en un segundo plano hasta que ella llegara a donde quería llegar profesionalmente. Solo entonces, bajaría revoluciones para dedicarle más tiempo a su vida personal.

–Tanto que nos parecemos en tantas cosas, pero qué distintas somos en este tema –le dijo Juliana a su amiga del alma, sin darse cuenta de que se había quedado dormida en el sofá cama de la sala en el que ambas estuvieron toda la noche. Al percatarse, Juliana decidió dejarla allí acostada, la arropó y se recostó a su lado hasta el otro día, no sin antes asegurarse de que las niñas estuvieran ya acomodadas y dormidas.

Las cuatro durmieron ininterrumpidamente toda la noche. Sin embargo, Juliana debía levantarse relativamente temprano para ir a visitar a Papabuelo.

━━━━●∞●━━━━

EL DÍA MENOS PENSADO

Juliana y Adriana se prepararon mientras Paola y Mercedes seguían durmiendo profundamente. Solo el olor del café colado logró despertar a Mercedes, quien admitió tener un dolor de cabeza de esos que provocan náuseas.

Cuando Adriana se enteró de que visitarían a Papabuelo, se emocionó muchísimo. Su amor por él era profundo y la realidad es que eran almas gemelas. Juliana no dejaba de sorprenderse con lo bien que se comunicaban esos dos seres de más de 70 años de diferencia.

Adriana salió corriendo cuando lo vio caminando por una de las coloridas veredas del hogar. Hacía casi un mes que no lo veía y deseaba verlo y estar con él tanto como lo deseaba y necesitaba el anciano.

–¡Papabuelo, Papabuelooooo! –gritaba Adriana sin filtro alguno, mientras su bisabuelo se viraba con una sonrisa en la cara, porque inmediatamente se percató de quién lo había ido a visitar.

–¿Cómo está mi nena bella? ¡La más linda del planeta!

–¡Empatamos, Papabuelo, empatamos! –le dijo Adriana, todavía emocionada por el juego del día anterior y su hazaña heroica.

–Explícame eso, mi amor. Me alegro de que estés tan contenta, pero cuéntame. Me imagino que se trata del resultado de un partido, pero quiero que me lo cuentes todo.

Adriana comenzó con su detallada narrativa, muy exaltada y emocionada. La historia se alargó, razón por la cual Papabuelo y sus dos acompañantes inseparables, Pancho y Arístides, quienes también escuchaban atentos aquella particular narración, se sentaron en uno de los bancos de cemento que aparecían cada veinte metros a lo largo de la vereda. Adriana no solo narraba, sino que actuaba lo que había ocurrido, lo cual hacía muy emocionante la historia para su público.

–...y, entonces, cuando todavía estábamos perdiendo 1-0 y solo restaba un minuto del juego, mi amiga Paola, que es la mejor jugadora del equipo, se fue por la banda izquierda, se comió a dos defensoras, pateó la pelota con todas sus fuerzas y... –En ese momento, los tres ancianos se pusieron de pie y, con las manos arriba, adelantándose al obvio desenlace, gritaron junto a

Adriana: «¡Goooooooooooooool!». Todos empezaron a reírse a carcajadas, pues parecía que habían practicado aquel grito de celebración.

–Excelente, Adriana –le dijo Papabuelo– ¡Te felicito!

–Pero es que no termina ahí, siéntense. Entonces, cuando faltaban solo segundos para el silbato final, en la última jugada del juego, vino la mejor jugadora de ellas, que es la mejor anotadora del torneo, y dio una patada bien fuerte que iba derechito a la portería… y, ¿saben que pasó? Allí salió de la nada Adriana, tu bisnieta, y metió la cabeza para desviar lo que era seguro, seguro, el gol de la victoria para el otro equipo. La pelota *salió* fuera de juego, no hubo gol y el árbitro pitó para que se acabara el partido empate a 1. Ahí mismo empezamos a celebrar como lo-quitas, ¡hasta me cargaron en hombros, Papabuelo!

–¡Échale! –dijo Pancho, el mayor de los tres ancia-nos–. Entonces tenemos a la heroína del juego frente a nosotros. ¿Me das tu autógrafo? –le dijo mientras le ofrecía un bolígrafo y una pequeña libretita de anotaciones que, por costumbre, siempre guardaba en su bolsillo. Adriana, emocionada, le firmó la libretita con su letra aún torpe, pero le aclaró que esa victoria era del equipo.

–Nadie puede ganar solo un partido de fútbol –di-jo con una madurez que dejó sorprendidos a todos. Obvia-mente, la influencia del *coach* Páez era evidente. Era uno de esos entrenadores de la vieja escuela, que iban más allá del mero juego y aprovechaban la oportunidad para enseñar a los niños principios como la importancia del trabajo en equipo, puntualidad, disciplina, esfuerzo y, sobre todo, el compañerismo. Adriana era afortunada de tener un mentor como ese porque, en esta época, muchos entrenadores y padres solo están pendientes a ganar y pierden de perspectiva lo que es realmente importante para los niños.

Sin embargo, súbitamente, el semblante de Adriana cambió. Su carita perdió el brillo que tuvo durante toda la narración de su gran logro y fue como una gatita a sentarse en las piernas de su bisabuelo.

–¿Qué te pasa, Cuquita? –apodo que solo le estaba permitido a Papabuelo–. ¿Por qué estás triste de repente?

–Es que cuando terminó el juego, una señora, a quien no conozco y con quien nunca he hablado, empezó a gritarme cosas bien feas.

–¿Cómo qué, Adriana? –dijo el bisabuelo consternado, pensando qué pudo haber dicho esa persona a una niña de 9 años, por motivo del resultado de un partido de fútbol infantil.

–Me dijo que yo no sabía jugar y que fue suerte el bloqueo de la patada final, que yo estaba ahí de casualidad y que la bola había chocado con mi cabezota, que... –inesperadamente, Adriana comenzó a llorar y abrazó a su bisabuelo.

En ese instante, Juliana, quien había permanecido alejada del lugar de la narración deportiva, ya estaba justo al lado de su hija y su abuelo. Cuando trató de acercarse y hacer contacto para consolarla, Papabuelo le hizo señas de que no lo hiciera y que se fuera a dar una vuelta, pidiendo espacio para él manejar el asunto directamente con Adriana. Esta era una buena ocasión para fortalecer ese vínculo amoroso con su bisnieta. Era obvio que las palabras despiadadas de un adulto insensible habían marcado a Adriana, al punto de que cercenaron su momento de felicidad absoluta al compartir su gesta. Al igual que hizo con su madre el día anterior, esperó que terminara de llorar y, entonces, se fue a caminar con ella con la intención de compartir ideas que tenía hacía algún tiempo en la cabeza, todas dirigidas a su bisnieta. Fue por eso por lo que le pidió a Juliana que le llevara a Adriana la próxima vez que lo visitara. De hecho, le sorprendió y le alegró mucho que Juliana cumpliera con su solicitud tan rápidamente. Era como si conociese el gran secreto que celosamente guardaba Papabuelo.

Juliana se fue a otra de las áreas comunes del hogar: El Gran Salón. Allí era donde se celebraban los cumpleaños, concursos, cenas de Acción de Gracias, de Navidad y otras ocasiones especiales. Cualquier excusa era buena para hacer algo en aquel espacio. La verdad es que en el hogar se sentía un ambiente muy feliz y trataban muy bien a sus residentes. Allí se encontró con una anciana, a quien pensó haber visto antes. Se llamaba Sarah y había sido una mujer extraordinaria y muy activa antes de que cayera víctima del terrible Alzheimer. Más allá del factor hereditario, nadie podía entender por qué Sarah tenía esa enfermedad, pues a sus setenta y pico de años, se mantenía activa bailando sevillanas con sus amigas y viajando el mundo con su esposo. Además, los resultados de sus pruebas de laboratorio eran consistentemente buenos y tenía una vida social muy activa. Sarah era una mujer muy elegante que, como decía su hijo mayor, Alfonso: «*No salía sin arreglarse ni a recoger las cartas del buzón*». Siempre estuvo de punta en blanco y así la mantenía ahora su esposo Iván quien, según se enteró Juliana ese mismo día, la visitaba religiosamente todos los días. Él mismo la bañaba, la maquillaba y la perfumaba. Era su princesa, la mujer de su vida.

Llevaban casi cincuenta años de casados y nunca se habían separado hasta que Iván aceptó que ya era muy duro para él cuidarla 24 horas y decidió llevarla al hogar, del cual tenía muy buenas referencias. De todos modos, era como si vivieran juntos porque pasaba todos los días, desde las 7 de la mañana hasta las 7 de la noche, en el hogar, junto a su amada. Esto no era lo usual, pero fue lo que acordó con los dueños del lugar como condición para dejar a su esposa allí, en contra de sus mejores deseos.

Juliana observaba de lejos cómo Iván, con dificultad para caminar, sacaba fuerzas para levantar de su silla a Sarah y casi obligarla a caminar, aunque fuera solamente cinco o seis pasitos.

–Ven, mi amor, vamos a caminar un poquito. ¿Cómo te sientes hoy? ¿Descansaste? Es importante que duermas tus ocho horas todos los días –le decía, mientras ella sonreía levemente y fijaba sus ojos en él con una mirada perdida, típica de los pacientes con esta terrible enfermedad.

Su sonrisa era sutil y delicada; reflejaba serenidad. Sus ojos seguían cada paso de Iván. Sin embargo, Sarah ya no hablaba. Hacía un par de años que había dejado de comunicarse verbalmente como parte de los síntomas de su enfermedad. Eso era muy doloroso para Iván, pues extrañaba las largas tertulias con su compañera de vida y la elocuencia que siempre la caracterizó. Sarah era muy inteligente. Había sido maestra del sistema público de enseñanza desde los diecinueve años y tenía una gran facilidad de expresión. Su jubilación, luego de casi cuarenta años de servicio, le daba más tiempo para leer y mantenerse al día de todo lo que ocurría en el mundo. Por cierto, con frecuencia era ella quien sorprendía a Iván con noticias de último momento.

–¿Qué quieres desayunar? Te voy a traer tu plato favorito: avena con canela, una tostada de pan integral con mantequilla y tu cafecito. ¿Está bien? –Por supuesto, ninguna de las preguntas de Iván era contestada. Sin embargo, él seguía en una conversación que más bien parecía un soliloquio.

–Déjame contarte que anoche fue a visitarme Alfonsito. Me dijo que viene mañana, antes de irse a su trabajo, para desayunar con nosotros. Me contó que la semana pasada estuvo viajando por asuntos del trabajo y por eso no vino a verte, pero que viene mañana sin falta. Está supercontento porque lo acaban de ascender a un puesto muy alto en la compañía y para eso fue que tuvo que viajar. Se ve muy feliz, ya lo verás mañana. Aproveché su visita para recoger bien tu cuarto y desempolvar tus libros. Está todo como te gusta, limpio y ordenado. La perra sigue ahí, ya está viejita como nosotros, pero igual de fiel y cariñosa. Se pasa metida en tu cuarto. A veces pienso que te extraña, porque cada vez que me ve entrar solo a nuestro hogar, se tira unos aullidos que más bien suenan a llanto. Es como si me reclamara por qué llegué solo.

Juliana no pudo evitar acercarse a Iván y presentarse. Le dijo que había estado observándolo desde hacía un rato y estaba conmovida con su dedicación y dulzura, pero tenía una duda.

–Caballero, perdone que lo interrumpa. Es que yo lo veo hablándole a su esposa como si ella lo escuchara y lo entendiera y me pregunto si ella lo reconoce. ¿Verdad que ella no sabe quién es usted? ¿Por qué le habla tanto si ella en realidad no se recuerda de usted? –Con ojos de dulzura y fijando su mirada en la de Juliana, Iván contestó:

–Porque yo sí recuerdo nuestra historia: desde el día en que la vi por primera vez hasta la última vez que me llamó por mi nombre.

Juliana sintió tanta vergüenza que hubiese querido tener el poder de desaparecer en ese mismo segundo. Entonces, sin pronunciar otra palabra, se acercó a Iván y le depositó un beso en la frente y lo dejó allí con su esposa.

Papabuelo trataba de seguirle el paso a Adriana, quien se había recuperado de su llanto y caminaba muy feliz de su mano por la vereda del hogar. Cuando llegaron al próximo banco, le pidió a Adriana que se sentaran para descansar un rato y aprovechó para retomar la conversación sobre la señora del partido de fútbol.

–Adriana, veo que las palabras de esa señora todavía te están haciendo daño, mi amor. Lo que ella o cualquier otra persona diga no es necesariamente la verdad. Por ejemplo, la pelota te dio en la cabeza o ¿tú fuiste a buscarla y la desviaste?

–Yo la desvié, Papabuelo, corrí con todas mis fuerzas y brinqué para pararla. Si metía ese gol, perdíamos el juego.

–Pues... exactamente. El hecho de que la señora dijo que fue suerte y que la bola fue la que te dio en la cabeza, no cambia lo que tú sabes que pasó.

Tú bloqueaste la pelota porque te esforzaste en llegarle a tiempo. Tienes que aprender a ignorar ese tipo de comentarios. Hay mucha gente por ahí que ha sufrido mucho en la vida y solo se dedican a criticar y a tratar de hacerle daño a los demás. Esas personas no valen la pena. ¿Sabes lo que es un *hater*?

–¡Ay, pues claro! En mi escuela hay montones que también se pasan diciéndome estupideces. Lo que no sé es cómo tú sabes lo que es un *hater* –dijo Adriana riendo.

–Perdóname, nenita. ¿Crees que porque soy viejo no estoy al día? Recuerda que soy tu amigo en Facebook. ¡Ah!, y además tengo Instagram y Twitter. No te equivoques conmigo –dijo Papabuelo soltando una de sus famosas risotadas–. Te voy a preguntar algo. Adriana, de esas *haters*, ¿hay alguna que esté mejor que tú académicamente? ¿Dónde están esas que hablan a tus espaldas?

–Pues… ninguna saca mejores notas que yo ni está en el equipo de fútbol.

–Eso es precisamente lo que quiero que entiendas. Los *haters* nunca están mejor que tú, por eso son *haters*. Asimismo, la gente que habla a tus espaldas está donde tienen que estar, ¡detrás de ti! Son personas que nunca van a progresar, Adriana. Nadie se ha hecho más grande demostrando cuán pequeños son los demás. Cada cual tiene que brillar con luz propia. No puedes apagar la luz del otro para tratar de brillar más. Eso es lo que los *haters* no entienden. Fíjate en el Sol y la Luna; ambos brillan, cada cual a su manera y en su momento, y ninguno opaca ni compite con el otro.

–Lo que yo no entiendo es por qué mami, en vez de ponerse furiosa y contestarle, no le dijo nada a la señora esa. No me defendió y casi parecía que la estaba defendiendo a ella.

–¿De verdad? ¡Qué bueno que me dices que tu mamá no le contestó! Muy bien por ella.

–¿Cómo que muy bien por ella? –dijo Adriana exaltada.

–A veces el silencio es mejor que estar correcto, Adriana. El coraje es el castigo que nos damos nosotros mismos por el error de otro. Hay personas que llevan por dentro rencores y odios que no conocemos, y no podemos evitar que sean así, pero sí podemos evitar que sus palabras y sus acciones nos afecten. –Adriana miró a su bisabuelo con rostro desencajado, pues sentía que, al igual que su madre, parecía estar excusando la conducta de la señora que la insultó. Al percatarse, el anciano le dijo a su bisnieta:

–Vamos a ver si este cuento te ayuda a entender lo que te dije. Dicen que una vez un jefe de los indios Cherokee le hizo a su nieto la siguiente historia: *«Hay una batalla entre dos lobos que viven dentro de nuestro corazón; uno es malvado, representa la envidia, el coraje,* la avaricia, el resentimiento, la mentira y el ego. El otro, es noble, alegre, bondadoso, humilde, cariñoso y auténtico».

–Papabuelo, ¿cuál de los dos gana la batalla? –interrumpió Adriana.

–Eso mismo le preguntó el nieto al viejo Cherokee... y él le contestó lo que te voy a decir yo a ti: «*Ganará el que más alimentes*». Adri, tienes que cuidar tus pensamientos porque luego se convertirán en tus palabras; cuida tus palabras porque luego se convertirán en tus actos; cuida tus actos porque se convertirán en tus hábitos; cuida tus hábitos porque estos forjarán tu carácter; y, finalmente, cuida tu carácter porque este formará tu destino y tu destino será tu vida. Eso lo dijo un señor que se llamaba Mahatma Gandhi, aunque parece parte del cuento de los lobos.

–No entiendo eso de que hay dos lobos que viven dentro de mí. Eso no puede ser, Papabuelo.

–No, Adri, tienes razón, en verdad no viven dos lobos dentro de ti. Es un cuento que se hace para poder explicar cómo cada uno de nosotros puede decidir qué tipo de ser humano quiere ser en la vida. Tú eres muy cariñosa, amable y feliz. Además, eres una tremenda bisnieta. Por eso, en tu corazón, siempre el lobo bueno va a ganar la batalla imaginaria de la que habla el cuento.

–Ah, entonces, en el corazón de esa señora que me dijo cosas ayer, ganó la batalla el lobo malvado.

–Es posible, Adriana, pero recuerda que nosotros no somos quiénes para juzgarla y la mejor manera de reaccionar a gente así es con algo que se conoce como empatía. Debes perdonar a esa señora que estuvo muy, muy mal al decirte lo que te dijo. Lo que pasa es que como no la has perdonado todavía, estás furiosa y pensando en ella, en lugar de pensar en que le salvaste el juego a tu equipo con tu cabezazo. Mira lo que pasa, mi amor, si no perdonas a esa señora, te vas a quedar con coraje y ganas de llorar para siempre. Eso, a quien le hace daño es a ti nada más, porque la señora ya ni se acuerda de ti. Sin embargo, tú te quedaste con eso en la cabeza. Tienes que perdonarla para liberarte de ese sentimiento de coraje que te arropa y no te permite disfrutar la gran victoria de ayer.

–Pero es que yo no entiendo cómo un adulto se metió conmigo, sin yo haber hecho nada malo. Es más, Papabuelo, su hija es muy amiga mía. ¿Cómo se supone que yo me olvide de esto, así porque sí?

–Compasión, Adrianita, compasión. Mira todo el tiempo que hemos dedicado hablando de esa señora. ¿Crees que valió la pena?

–Es verdad, Papabuelo. A mí qué me importa lo que dijo, si yo sé la verdad. ¡Ya, se acabó! Vamos, llévame al laguito chiquitín ese que está al final de la vereda. ¡Vamos a tirarle pan a los gansos!

La feliz parejita llegó hasta el pequeño lago artificial del hogar. Estuvieron casi media hora alimentando los gansos y haciendo chistes. Papabuelo estaba en una nube. Esa niña era como volver a ver a Juliana cuando pequeña, a quien prácticamente crio. Tenía la misma carita y, sobre todo, la misma energía. Muchas veces le dijo a su nieta, cuando veía en acción a Adriana: «*Aquí las vas a pagar todas, m'ija. Esta es dos veces tú*».

Cuando regresaron a El Gran Salón, Juliana estaba de lo más entretenida con *los muchachos,* que era como le decía Papabuelo a sus compañeros del hogar, el menor de los cuales tenía 75 años de edad, pero todos compartían algo en común: la satisfacción de haber vivido una vida plena. Cuando Adriana y Papabuelo llegaron, ya Juliana se había tomado fotos con todos y había bailado con los dos o tres que todavía podían hacerlo. Había pasado un rato divino, pero tenían que irse porque iban a almorzar con Fabián. Papabuelo raras veces aceptaba las invitaciones de Juliana, porque no le gustaba salir del hogar, pero ante la insistencia de Adriana y el apoyo unánime de *los muchachos,* ese día accedió a escaparse un rato.

–Vamos adonde quieras, Papabuelo. Hoy escoges tú –dijo Juliana emocionada–. Vamos a casa a recoger a Fabián y de ahí adonde digas, así que tienes un ratito para decidirte.

Cuando llegaron, les abrió la puerta Fabián, quien tenía una cara de pocos amigos y se había dado unos tragos demás la noche anterior. Sin embargo, al ver al acompañante de las chicas, le cambió el semblante. Era fanático de Papabuelo y hacía ya un tiempo que no compartía con él.

–¡Weeeeepaaaaaa! ¡Qué sorpresa! Deme un abrazo grande. ¡Qué bueno verte! Vas a almorzar con nosotros, me imagino. ¡Qué bueno! –dijo Fabián mientras tomaba a Adriana entre sus brazos e ignoraba disimuladamente a su esposa. Quería enviarle un mensaje claro de que las cosas no andaban bien y no se arreglarían mágicamente con una noche de separación.

Casi instantáneamente, Papabuelo sintió que algo raro había en el ambiente. Aunque Fabián había sido muy cordial al saludarlo, lo cual era normal, percibió cierta tensión y frialdad entre él y su nieta que no le pareció nada normal. Eso le preocupó porque apreciaba mucho a Fabián y pensaba que era un excelente padre y esposo. Sin embargo, por el momento no comentó nada, con la esperanza de que fuese producto de su imaginación.

Mientras las chicas se preparaban, Papabuelo y Fabián se quedaron solos en la sala.

–¿Quieres tomarte algo, Viejo?

–No, gracias m'ijo, estoy bien. Cuéntame, ¿cómo van las cosas?

–Pues todo bien, mucho trabajo gracias a Dios. Adriana va muy bien en la escuela y es tremenda hija. Así que, si me quejo, soy un ingrato.

–Y, ¿cómo están las cosas con Juliana?

–Eeeeeh, pues todo bien. ¿Por qué preguntas? –dijo Fabián sin poder esconder su cara de sorpresa ante el poderoso sexto sentido de Papabuelo.

–Por nada, solo una pregunta –contestó Papabuelo sin dejar de mirar a Fabián. Parecía que estaba estudiándolo, tratando de leerle la mente.

–Pues, todo normal, como siempre. Ambos tenemos mucho trabajo y mucha presión, pero nunca descuidamos a Adriana. Ella se merece lo mejor que podamos darle.

–¡Eso es así! Me alegro de que entiendan que, por más trabajo que tengan ambos, es importantísimo atenderla. Los hijos no pueden pasar a un segundo plano. Eso de que algún día entenderán, no necesariamente es cierto.

–Estamos claros, Papabuelo. El bienestar de Adriana no es negociable. De hecho, es algo que he estado tratando de explicarle a Juliana desde...

–¡Estamos listas! –gritó Adriana al llegar junto a Juliana.

–¡Ejeeeeee! –exclamó Papabuelo–. ¡Qué modelo más bella! No sabía que esto era un almuerzo de gala.

De saberlo, me hubiese puesto mi mejor traje –dijo Papabuelo, sabiendo que nunca había tenido un traje y que solamente una vez en su vida había vestido de etiqueta, la cual fue alquilada, y solo porque había sido escogido para dar el brindis en la boda de Fabián y Juliana.

–Bueno, ¿para dónde vamos, Papabuelo? ¿Ya decidiste? –preguntó Juliana–.

–Pues, sí. Quiero ir al lugar de mariscos que queda en el malecón, justo frente al muelle que siempre está lleno de pescadores. Hace mucho tiempo que no me como una langostita recién pescada, frita en mantequilla como la que preparan allí. ¿Cómo es que se llama el sitio?

–Así mismo, El Muelle. Pues no se diga más. Vámonos –dijo Fabián.

Mientras todos comenzaban a movilizarse, Papabuelo estudiaba disimuladamente cada movimiento de Juliana y Fabián, así como el lenguaje corporal de ambos. No tenía duda alguna de que algo andaba mal. De camino al restaurante, Fabián entabló conversación con Papabuelo y con Adriana, pero no le dirigió la palabra a Juliana, lo cual tampoco pasó desapercibido para el octogenario. Luego de ordenar la comida, Adriana pidió unas monedas para ir a jugar en unas máquinas de videojuego que había en un saloncito dentro del restaurante, a la vista de todos. Tan pronto Adriana abandonó la mesa, Papabuelo entró en acción.

–Díganme, queridos, ¿qué es lo que está pasando? Y, por favor, no me ofendan con un *nada*, porque yo los conozco muy bien a los dos. Además, la tensión es tal, que no es necesario ni conocerlos para darse cuenta de que ustedes están distanciados. Así que, vamos, ¿quién empieza?

–Papabuelo, tienes razón –dijo Juliana ante los ojos atónitos de Fabián, quien era muy reservado y pensó que su esposa pretendía hablar, frente a su abuelo, lo que no había querido hablar con él. Sin embargo, se equivocó–.

–Desde hace un tiempo, yo estoy atravesando por una etapa que le he dicho a Fabián que no puedo explicar lo que me ocurre. No hemos hablado porque le he rehuido a la conversación. Por eso, aunque sé que te preocupas genuinamente por nosotros, prefiero que nos des el espacio para resolver el asunto entre nosotros y, de ser necesario, créeme que lo consultaré contigo. Sin embargo, creo que sería una falta de respeto para Fabián el que yo, aquí y ahora, comience a hablar de lo que no he querido a hablar con él, a pesar de sus peticiones. ¿Podemos dejar el tema aquí?, por favor. –En ese momento Fabián sintió un gran alivio. No le gustaba para nada discutir asuntos personales con nadie, ni siquiera Papabuelo. Las palabras de su esposa lo conmovieron. Al menos, sabía que el amor y el respeto seguían ahí. De no haber sido porque seguía molesto, la hubiese abrazado y besado en ese mismo momento.

–Entendido, jóvenes. Soy viejo, pero no imprudente –dijo Papabuelo con una sonrisa–. No hablaremos del tema, pero les pido, como cuestión de privilegio y como la persona que dio el brindis en su boda, que me permitan compartir unos pensamientos que entiendo que les van a ayudar. ¿Me lo permiten? –dijo mirando a Fabián. Fabián asintió y, luego, Juliana hizo lo mismo.

–Les prometo que no es un sermón. Miren, el matrimonio no es fácil. Es por eso, entre otras razones, que la mayoría de las personas que se casan, se divorcian. Es precisamente la comunicación, una de las claves para un matrimonio exitoso y duradero. Si no se hablan las cosas a tiempo, el matrimonio no tiene futuro. El matrimonio es una conversación eterna que siempre parece corta y requiere enamorarse muchas veces de la misma persona. Además, depende, principalmente, de dos cosas: encontrar a la persona correcta y ser la persona correcta. No somos perfectos. Cada cual tiene que poner de su parte. Por lo tanto, si el matrimonio une dos personas imperfectas, ¿cómo vas a pretender que sea perfecto? ¡Eso es absurdo! Lo que pasa es que requiere mucha comprensión, tolerancia y, sobre todo, la capacidad de perdonar infinitamente. El perdón es solo para personas fuertes. Si mi memoria no me falla, León Tolstoi decía que lo que verdaderamente cuenta para hacer un matrimonio feliz, no es cuán compatibles son los esposos, sino la capacidad que tienen para manejar la incompatibilidad. –Papabuelo pausó por unos segundos y miró a los ojos a ambos–. ¡Ya!, me callo la boca. Creo que abusé de su amabilidad.

–Para nada, Papabuelo, al contrario, gracias por entender y, más todavía, por esas palabras. Te he dicho mil veces que eres el abuelo que nunca tuve y aprecio mucho los consejos que me has dado desde que te conocí –dijo Fabián conmovido, mientras se levantaba para darle un abrazo.

–¿Me dan una monedita más? ¡Porfa, porfa! –dijo Adriana al regresar a la mesa.

–No, Adriana, ya viene la comida por ahí. Ve, lávate las manos y siéntate –dijo Juliana.

–¡Pero mamiiiiiii! Papito, ¿tú me das una monedita? Una nada más, por favor.

–No, Adri, hazle caso a tu madre. Sabes que no voy a cambiar lo que ella te dijo. Ya jugaste bastante. Ve al baño rapidito y vuelve.

No importaba cuán molesto estuviera con Juliana, había algo que no era negociable para ambos y que los unía: Adriana. Hace años habían pactado que ninguno cambiaría la decisión del otro ante las usuales apelaciones de Adriana. Hacer lo contrario implicaría convertir a uno, en el malo y, al otro, en el bueno, amén de que le restaría autoridad al que fuera revocado. Juliana agradeció el gesto y le dio las gracias a Fabián, quien ni siquiera dio señal de haberla escuchado. Adriana obedeció y se fue al baño cabizbaja, con cara de tragedia. Al verla, Papabuelo no pudo contener la risa y felicitó a ambos padres por su firmeza y su compromiso de criar una niña educada y respetuosa.

Fue una velada excelente que se extendió durante toda la tarde. Fabián bajó la guardia y hasta habló con Juliana, aunque fuese el mínimo necesario. Papabuelo tomó aquello como un adelanto. *Algo es algo*, pensó al ver a su nieta y su esposo comunicarse, aunque fuera en monosílabos.

Regresaron a la residencia para que Adriana pudiera prepararse para ir a la escuela al otro día. Papabuelo procedió a despedirse de Adriana con un largo y apretado abrazo y, al soltarla, se le corrió una lágrima por la mejilla izquierda que pasó desapercibida para la niña, pero no para Fabián, quien también fue objeto de un abrazo más prolongado de lo usual y que transmitía mucha energía, como un mensaje de amor que lo dejó impactado y conmovido. Fabián se quedó con Adriana en la casa, mientras Juliana se fue con Papabuelo al hogar. De camino, Juliana se percató de que se veía triste. La alegría del almuerzo había desaparecido de su rostro y lucía melancólico.

–¿Qué te pasa, Papabuelo? –preguntó Juliana.

–Nada, m'ija. Es que recuerda que yo no salgo mucho y me canso rápido, pero quiero que sepan que la pasé muy bien. Me hacía falta este ratito con ustedes. Además, compartir con Adriana me hace muy feliz. Ustedes son mi única preocupación. Tienen que resolver eso ya. No permitan que la pelota de tenis se convierta en una inmensa bola de nieve.

–Pues, a mí me preocupas tú. Déjame acompañarte hasta tu habitación.

Contrario a sus instintos, Papabuelo no puso resistencia a la petición de su nieta porque se sentía débil. Cuando entraron al hogar, ya se acercaba el final de la tarde y el sol se despedía de aquel domingo que tan feliz había hecho al viejo abuelo. Mientras caminaban hacia la habitación, Papabuelo se detuvo para observar aquella majestuosa puesta del sol que se veía desde los inmensos cristales de El Gran Salón. Entonces, le pidió a Juliana que lo acompañara un momento al comienzo de la vereda principal, a un lugar específico desde el cual lo había observado en múltiples ocasiones.

–Ven, Julianita, acompáñame a la esquina más hermosa de este lugar.

El abuelo observó aquel espectáculo de la naturaleza como si fuera la primera vez que veía uno. Su semblante volvió a cambiar al de un niño cuando ve sus regalos en la Navidad. Siempre había disfrutado los atardeceres, pero sentía que aquel tenía algo especial. Los colores naranja, rosa, rojo y amarillo se combinaban para presentar un gigantesco lienzo, digno de ser conservado en los más importantes museos del mundo. Era la naturaleza demostrando toda su grandeza.

–¡Cómo te gustan los atardeceres, abuelo! ¿Por qué te gustan tanto?

–Así es, Juliana. Desde pequeño mi padre me enseñó a admirarlos, no solo por su belleza indiscutible, sino por lo que él entendía que representaban: hasta el sol tiene que descansar para volver a lucirse al otro día y darnos a todos el calor que necesitamos para vivir. Por eso, siempre decía que el descanso era esencial para todos, por más fuertes e incansables que fuéramos.

–Eso es muy cierto –asintió Juliana.

–Además, para mí representan una transición. Es el comienzo de la renovación. El sol se esconde y sale al otro día con igual o mayor fuerza. Todos necesitamos renovarnos y, sobre todo, hacer esa transición.

–¿A qué te refieres, Papabuelo?

–Bueno, a que la vida es un constante movimiento. Debemos estar todo el tiempo renovando nuestras ideas, nuestras costumbres y nuestro modo de vivir. Claro, manteniendo intactas nuestras raíces y nuestros principios. Me encanta una frase que dice que si no te gusta donde estás, muévete: no eres un árbol. Pues... así veo los atardeceres. Son la transición del día a la noche, pero ahí no para porque, después de unas horas, vuelve a salir el sol y nos trae un nuevo día con nuevas oportunidades... Vamos al cuarto, Juliana, que ya estoy cansado.

Juliana acompañó a Papabuelo a la habitación. Ciertamente, lo notó falto de energía e inusualmente agotado, pero lo atribuyó a las emociones del día y no le dio mucho pensamiento al asunto. Ayudó al anciano a recoger sus cosas mientras este se aseaba en el baño. Lo escuchó toser copiosamente y le preguntó si estaba bien; él, inmediata y convincentemente, le dijo que sí, mientras disponía del buche de sangre que había expulsado y que limpió al instante para que su nieta no se percatara. Ya estaba acostumbrado a asimilarlo. Salió del baño y se acostó, mientras Juliana lo arropaba tiernamente. El viejito sonreía placenteramente.

–Papabuelo, ¿y esa sonrisita? Tienes algo entre manos, lo sé. ¿Te estás tramando algo?

–No, hija, no –dijo Papabuelo con una sonrisa pícara que lo delataba–. Estoy muy feliz y estoy preparado. Sé para dónde voy. Además, hoy fue un gran día para mí. Dale las gracias a Fabián y a Adrianita. Recuérdales que los quiero mucho y que mi vida hubiese sido muy distinta sin todos ustedes en ella. Es algo que atesoro de verdad.

–¡Ay, Papabuelo, yaaa! Parece que te estás despidiendo. Si no fuera por esa sonrisita traviesa, me preocuparía.

Papabuelo la miró a los ojos y extendió los brazos para que su nieta se acercara a él y poder abrazarla. Juliana se inclinó y tomó a Papabuelo tiernamente por ambos lados de su cabeza, acariciando y, a la vez, peinando los exiguos hilos plateados que todavía le cubrían la sesera.

–Te ves lindo, mi viejito. Hoy como que brillas –dijo la nieta–.

–Abrázame duro, Julianita, duro. Bien apreta'o. ¡Que se sienta! –le dijo el anciano con tono entusiasmado. Juliana procedió como muy bien sabía y abrazó a su abuelo como él lo pidió, como le enseñaron desde pequeña. El abuelo la abrazó y, colgado a su cuello, le susurró al oído:

–Te amo, Juliana, nunca te olvides de eso. Siempre voy a estar ahí para ti y para Adriana. –No le dio tiempo a Juliana a reaccionar al comentario, cuando sintió que los brazos del abuelo, aunque no la soltaban, iban cediendo el agarre.

–¡Papabuelo, Papabuelo! –dijo Juliana con voz desesperada al percatarse de lo que estaba ocurriendo–. ¡Papabuelo! –exclamó por tercera vez, en esa ocasión, separándose del cuerpo de su abuelo para mirarlo. Juliana perdió el control y comenzó a gritar:

–¡Enfermera, enfermera! ¡Llamen al 911! ¡Alguien venga por favor! ¡Rápido! ¡Se me va Papabuelo!

Aunque a Juliana le pareció una hora, en menos de un minuto, entró a la habitación, Daniela, la misma enfermera que la había atendido el día antes, cuando –en lo que ahora parecía una premonición– pensó que su abuelo había fallecido. Con el temple de quien se ha enfrentado a este tipo de situación en innumerables ocasiones, Daniela, sin mirar a Juliana, se acercó apresuradamente al cuerpo del octogenario y colocó los dedos sobre su muñeca izquierda, intentando detectar algún pulso. Nada. De inmediato, colocó los dedos en la parte del cuello donde se encuentra la arteria carótida. Nuevamente, no sintió nada. El corazón del anciano se había rendido. Juliana, testigo mudo de las gestiones de la enfermera, entendió perfectamente el desenlace. Con un dolor indescriptible en su corazón, que latía como para darle vida a ella y a Papabuelo, se acercó a Daniela y la abrazó fuertemente mientras lloraba y sollozaba, como su abuelo le había enseñado, sin contemplaciones, sin aguantarse. Ambas se quedaron paralizadas frente al cuerpo.

En el rostro del anciano, su sonrisa permanecía intacta. Al contemplarlo, Juliana comenzó a entender que esa sonrisa era la de una persona que estaba feliz y, sobre todo, en paz consigo misma. Era el rostro de alguien que había hecho su transición hacia otra dimensión, con la satisfacción de haber vivido una vida plena; de haber amado y haber sido amado. Era la cara de alguien que no había dejado nada pendiente y estaba listo para transformarse en un ser de luz perpetua. Papabuelo había fallecido en absoluta paz.

Infundida por esa paz, Juliana se dio cuenta de que aún no había llamado a Fabián y salió de la habitación. Hubiese preferido preparar mejor a Adriana para recibir la noticia, pero Fabián había contestado su teléfono celular utilizando el altavoz, lo cual permitió que Adriana escuchara cuando su madre dijo: «*Papabuelo se murió*». Fabián se apresuró a coger el teléfono y desactivar el altavoz, pero ya era tarde. Al mirar a su hija, vio cómo se le transformaba el semblante y soltaba su muñeca favorita para correr a refugiarse en los brazos de su padre y estallar en un llanto incontrolable.

Cuando Fabián le dijo a Juliana lo que había ocurrido, esta se molestó mucho, pero aceptó que no había manera de que Fabián previera lo que ella iba a decir. Le pidió que pusiera a Adriana al teléfono, a lo cual Fabián accedió de inmediato.

—Mamita —dijo Juliana con el corazón en la mano por no haber podido preparar a Adriana para una noticia tan dura e inesperada.

–¡Mamiiiii, dime que no es verdad, dime que no es verdad! –contestó Adriana entre sollozos.

–Mamita, escúchame. Papabuelo se fue con Papá Dios y se fue contento y tranquilo. Como cinco minutos antes, me había dicho, otra vez, lo feliz que lo hicimos el día de hoy y me pidió que te acordaras de dos cosas. La primera, lo mucho que él te quería y, la segunda, que él siempre va a estar presente para ti y para mí. Eso fue lo último que salió de su boca.

Al decirlo, Juliana sintió que perdería la compostura mientras hablaba con su hija. Ella era muy fuerte, pero la situación era muy difícil e inesperada. Además, hubiese preferido tener a Adriana con ella para abrazarla y besarla.

–¿Estás ahí? –preguntó ante el silencio al otro lado de la línea.

–Sí –se oyó la voz de Adriana al otro lado, en el tono más bajo imaginable.

–Te amo, chiquita. Ya verás que todo va a estar bien. Tengo que resolver unas cositas acá en el hogar de Papabuelo, pero te prometo que nos vemos prontito, ¿ok? Ponme a papi, mi amor, que necesito hablar con él.

–Hola –dijo Fabián–. Salgo para allá ahora mismo.

–No, Fabián, no. Necesito manejar esto sola y tener un tiempito adicional con Papabuelo antes de que lleguen los médicos, fiscales y los funerarios. Te llamo si te necesito. Cuida a Adriana, por favor –y colgó el teléfono sin despedirse.

Necesitaba asimilar aquello. Aunque era imaginable que Papabuelo tenía los días contados, en realidad Juliana nunca había pensado que pronto moriría. Su vitalidad y ánimo incansable no le permitían pensar en el final de aquel ser que tanto amaba. Era como si hubiese pensado que Papabuelo era eterno.

Tan pronto se corrió la voz en el hogar, muchos de los residentes fueron a presentar sus respetos a la habitación. El pequeño recinto se convirtió en una funeraria improvisada y la cama, en el féretro abierto. Juliana dejó a Papabuelo expuesto, pues su sonrisa pícara permanecía intacta. Uno tras otro de los residentes pasó por la habitación y todos tenían palabras muy bonitas para Juliana. Sin embargo, cuando entró Pancho, todo cambió. Todo el mundo entró en un silencio absoluto y dirigieron la mirada hacia el suelo, pues sabían que la muerte de Papabuelo impactaba de manera especial a su gran compañero de andanzas y travesuras. Pancho entró en silencio, con cara de incredulidad y se acercó al cuerpo inerte. Sacó las manos de los bolsillos y le colocó la derecha en el pecho, como cerciorándose de que estaba, en realidad, muerto.

–¡Coño, Viejo, me fallaste! Eras tú quien iba a dar mi despedida de duelo. ¿Cómo se te ocurre cagarla por primera vez desde que te conozco? Y, para colmo, ¡de esta manera! Teníamos un pacto –le decía al cuerpo de Papabuelo como si pudiera escucharlo.

Solo le bajó una lágrima, voluminosa como su pena. La dejó correr libremente por su mejilla hasta que llegó al cuello. En ese momento, se viró hacia Juliana y se compuso. Caminó hacia ella lentamente y la abrazó.

–Quiero que sepas que tu abuelo es el ser humano más extraordinario que he conocido en mi vida. Este último año compartimos mucho y nos convertimos en grandes amigos. Es una pena que viniéramos a encontrarnos tan tarde en nuestras vidas. Debes estar orgullosa de ser su nieta. –Pancho se detuvo un momento, tratando de recuperar el ritmo respiratorio–. Es importante que estés clara de que él vivía orgulloso de ti.

–Lo sé –dijo Juliana cabizbaja.

–No, no, no, es que tú no entiendes. Era a nivel de locura. Cuando mencionaba tu nombre, los ojos le brillaban, se ponía insoportable. Todos nosotros sabemos de tus logros y tus hazañas en los tribunales. ¡No tienes idea del detalle!, ¿verdad? –dijo, dirigiéndose a los presentes, quienes asintieron tímidamente con un leve movimiento de sus cabezas.

Juliana permaneció callada y sonrojada. Sabía del amor y el orgullo que sentía por ella su abuelo, pero lo que le narraba Pancho era demasiado.

–¡Ah, pero perdóname! Ten claro que ese orgullo y admiración no eran exclusivamente para ti. Si bien fuiste, según él, la primera mujer que le robó el corazón, tu hija Adriana fue la última. Siempre nos dijo que ver a Adriana en acción y hablar con ella era como revivir tu infancia, pero con mayor sabiduría. Se sentía que podía enseñarle a Adriana más cosas de las que jamás pudo enseñarte a ti. «*Pienso que ahora sé más; he leído más y he vivido más*», solía decirnos cuando hablaba del tema. Por cierto, tengo que entregarte unas cositas que él me dejó a cargo, en caso de que se fuera antes que yo, lo cual jamás pensé que ocurriría, dicho sea de paso. Ven, sígueme, por favor.

Antes de salir de la habitación, Juliana se acercó al cuerpo de su abuelo para colocarle la sábana por encima. Sin embargo, cuando se disponía a hacerlo, una mano se posó gentilmente sobre la suya y escuchó una voz que dijo con ternura:

–¿Me permites quedarme con él unos segundos antes de que lo cubras? Juliana se volteó; era Iván, el esposo de Sarah, la dama residente del hogar que padecía de Alzheimer. Juliana lo miró sorprendida, preguntándose por qué el caballero, que no vivía en el hogar, quería un tiempo con su abuelo fallecido. Después de todo, él no vivía allí y no podría conocer muy bien a Papabuelo.

−Me imagino lo que piensas, pero tu abuelo tocó mucha gente dentro y fuera de este hogar. Compartí mucho con él durante mis visitas diarias y me ayudó a desarrollar el arte de la paciencia, la tolerancia y el amor incondicional. Era impresionante lo mucho que sabía, de todo tema. A mí, hasta me recomendó ponerle a Sarah su música favorita, porque había leído que eso era bueno para los pacientes de Alzheimer. Le hice caso y funcionó; Sarah sonreía cada vez que escuchaba la música. Hasta me parecía que la tenía de vuelta. En ocasiones, me dio la impresión de haberla escuchado tararear alguna que otra canción.

−Eso explica por qué, siempre que los veía juntos, podía escuchar la música de Julio Iglesias. ¿Esa es su música favorita?

−¡Muchacha, le encanta Julio Iglesias! Es su cantante favorito, sin competencia. En casa tengo más de treinta discos de él. Claro, los compré antes de que llegaran los discos compactos y la era digital. Siempre viviré agradecido de tu abuelo por ese consejo. Pienso que me ayudó a establecer un canal de comunicación con Sarah que había perdido por culpa de la maldita enfermedad. Además, tengo que decirte que era obvio que tu abuelo tenía una paz interior absoluta. Se cuidaba mucho. Dormía sus siete u ocho horas diarias, se alimentaba bien y caminaba al menos media hora diaria. Ciertamente, era la única persona de nuestra edad, que yo conozca, que hacía ejercicios de estiramiento diariamente y practicaba la meditación fielmente; diez minutos, quince, una hora, todos los días, especialmente a la hora del crepúsculo. ¡Le fascinaban los atardeceres!

—Lo sé —dijo Juliana suspirando profundamente mientras dirigía la mirada en dirección al lugar donde había disfrutado su último atardecer en compañía de Papabuelo—. Precisamente, estuve con él hace una hora presenciando lo que fue su último atardecer.

—¡Aaah, pues entonces se fue más feliz de lo que pensé! Estaba contigo y vio el atardecer. De verdad que, si lo hubiese planificado, no le hubiese quedado tan bien. Debes saber que, aunque fue su último atardecer aquí en la Tierra, de ahora en adelante estará en todos tus atardeceres, de modo que cuando lo necesites en el futuro, ya sabes dónde encontrarlo.

Fue difícil salir de la habitación, pues ya había más de una docena de personas allí rindiendo sus respetos al gran Papabuelo. Todos querían verlo por última vez y, de paso, darle unas palabras de aliento a Juliana. Finalmente pudo salir, cuando don Pancho la tomó de la mano y se la llevó.

—¿A dónde vamos, don Pancho?

—Ya verás, ya verás.

Al final del largo pasillo, se encontraban unas puertas de madera oscura. Era una sección del hogar que Juliana nunca había visitado. Cuando Pancho abrió las puertas, entraron a una sala pequeña que tenía varios estantes pegados a las paredes, los cuales estaban llenos de libros, desde el piso hasta el techo. Había más de quinientos, según calculó Juliana mentalmente.

–Y... ¿este sitio, don Pancho? –preguntó Juliana boquiabierta.

–Licenciada Juliana Guevara: ¡Bienvenida al Palacio de la Sabiduría! –dijo don Pancho con un aire de orgullo.

–El Palacio de la Sabiduría. Buen nombre para un lugar lleno de libros, pero, ¿por qué me trajo aquí?

–Este es el escondite no tan secreto de tu abuelo, Juliana. Pasaba horas aquí adentro casi todos los días. Creo que se leyó todos los libros que ves en los estantes. Además, la mayoría de ellos los trajo él; unos cuando llegó al hogar y otros que compró durante el tiempo que estuvo con nosotros.

–¡Wow! –exclamó Juliana–. Yo sabía que leía mucho, pero esto es impresionante. Veo que están divididos o clasificados de alguna manera.

–¡Así es, ven acá! –dijo emocionado don Pancho–. Esta era su sección favorita: las biografías. Mira esto: Nelson Mandela, John F. Kennedy, Dalai Lama, Desmond

Tutu, Mahatma e Indira Gandhi, Abraham Lincoln, Fidel Castro, George Washington...

–Y, mire acá –interrumpió Juliana– Confucio, Leonardo Da Vinci, Vince Lombardi, Pelé, Muhammad Ali, Pepe Mujica, Malala, Teresa de Calcuta, la princesa Diana. Mire, como que llegué a las mujeres: Isadora Duncan, Cleopatra, Hellen Keller, Billie Jean King, Juana de Arco, Rosa Parks, Eleanor Roosevelt, las hermanas Mirabal, la Reina Isabel. Personas de todas las facetas de la vida. Mire, ¡hasta Sonia Sotomayor!, la puertorriqueña que fue nombrada jueza del Tribunal Supremo de los Estados Unidos. ¡Esto es impresionante! Ahora entiendo por qué sabía tanto de todo.

–Por acá hay libros de ficción, de historia, de ciencias, de las distintas religiones del mundo y hasta de nutrición, meditación y autoayuda. ¡Leía de todo! –dijo don Pancho emocionado–. Tu abuelo hacía algo que siempre me estuvo curioso. En lugar de parar de leer cuando necesitaba descansar de un libro, lo que hacía era leer dos simultáneamente y los alternaba.

–Eso es una locura, Pancho. No tiene sentido. ¿Cómo no perdía el hilo?

–Eso mismo pensé yo cuando lo descubrí, pero es que él tenía un truquito. Nunca leía dos libros del mismo género. Por ejemplo, si leía una biografía, lo alternaba con una novela; si leía de historia, lo combinaba con uno de autoayuda. Así no se cansaba ni se confundía.

–¡*Wow!* –dijo Juliana–, la verdad es que no deja de impresionarme mi viejito.

–Pues, todos estos libros son tuyos, Juliana. Tu abuelo me encargó que te lo dijera. Es su herencia para ti y para Adriana. Siempre me decía que como no poseía bienes, su legado era este y su gran amor a ustedes.

–Esos libros y esto –interrumpió Arístides, otro de *los muchachos.* Ari, como le decían en el hogar, era el más callado de los tres, pero tenía la música por dentro–. En estos sobres hay unas cartas que me dio a mí para que las guardara para ti y para Adriana. Además, una de ellas tiene un CD. En él grabó un mensaje para ustedes, en vídeo. Lo sé, porque yo fui el cómplice. Yo mismo lo grabé –dijo sonriendo con orgullo.

–¿Qué? –dijo en tono elevado don Pancho–. ¿Cómo es que yo no sabía de esto?

–Ya sabes cómo era el hombre. Era una caja de sorpresas. Como decimos en el argot del béisbol, jugaba con la bola escondida. Tenía sus secretitos bien guardados. Juliana –prosiguió– el primer sobre, color rojo, su color favorito, es el que debes abrir primero. Tiene instrucciones sobre lo que quería para este momento. Te sugiero que lo leas inmediatamente, porque creo que hay muchos detalles y estoy seguro de que quieres cumplir con sus últimos deseos al pie de la letra.

Y tenía toda la razón. Juliana quería complacer a Papabuelo en todo.

–Ven, Pancho, vamos a dejarla sola para que pueda abrir y leer el sobre con las instrucciones. Juliana, si nos necesitas, vamos a estar afuera. Nos llamas en confianza.

Juliana agradeció aquel gesto porque necesitaba un poco de espacio. Todo ocurría muy rápido. Todavía no había asimilado la súbita partida de Papabuelo y deseaba estar sola con sus pensamientos. Se sentó en una de las cuatro butacas que había en la pequeña sala de lectura. Sentía su presencia. Casi podía oler el perfume de sándalo que utilizó toda su vida. No podía dejar de admirar aquella enorme colección de libros. Le enorgullecía saber que todo aquello era una criatura de su abuelo. Cada vez más recordaba las veces que, en silencio, pensaba en la fuente inagotable del saber que parecía ser Papabuelo. No era como alguna gente que sabe un poquito de muchos temas. Su abuelo demostraba profundidad en cada tema y se lo disfrutaba, a pesar de su baja escolaridad.

Cuando tuvo el valor, abrió aquel sobre rojo escarlata tamaño carta. Dentro, encontró dos fotos que reconoció inmediatamente. En la primera estaban Adriana, Papabuelo y ella, exhibiendo sonrisas de lado a lado de la cara, como si, segundos antes, les hubiesen hecho cosquillas. Fue una foto que les tomó Fabián, escasamente unos meses antes, el día del cumpleaños de Adriana. Era una de esas fotos en las que todos salen bien y, en este caso, mostrando una felicidad absoluta. En la parte de atrás de la foto decía, en letra de Papabuelo: *«Familia siempre primero»*.

La segunda foto también la recordaba perfectamente, pues la había tomado ella misma, a petición de su abuelo, en la fiesta de despedida de año del hogar, a principios de ese mismo año. Papabuelo, quien iba a acompañar a Juliana a la fiesta que tenían en casa de unos amigos esa noche, había organizado una para los residentes del hogar. Para él, era imperdonable no despedir el año. Lo mismo pensaba de los cumpleaños, aniversarios, día de San Valentín y cualquier otra fecha que pudiera envolver una fiesta. «*Hay que celebrar todo*», decía, y siempre recordaba las palabras de Maya Angelou: «*La vida no se mide por el número de respiraciones que tomamos; sino por aquellos momentos que nos roban la respiración*». Juliana nunca las olvidaba y siempre trató de emular la filosofía de vida de su abuelo. Sabía muy bien que lo que cuenta no es los años en la vida, sino la vida en los años.

Como muchos tenían compromisos familiares y otros, sencillamente, se acostarían a dormir temprano en la noche, decidió hacerla a las seis de la tarde, justo después de la puesta del sol. En la foto aparecía Papabuelo sonriente y con los brazos abiertos, como esperando un abrazo. En el fondo se apreciaba un hermoso atardecer color naranja de los que tanto le gustaban. Juliana no pudo contener las lágrimas al ver la foto, pues le recordó el último atardecer que presenció con su abuelo, hacía escasas horas, y que en ese momento lo sentía como un evento de un pasado lejano. Jamás pensó, cuando tomó la foto, el significado tan especial que tendría para ella en el futuro.

Luego de ver las fotos, sacó una cartulina del mismo tamaño del sobre. Comenzaba con un encabezado que dejaba claro de qué se trataba: *Instrucciones para mi despedida y celebración de mi vida*, y luego seguía con una lista de todas las especificaciones escritas a puño y letra por el ahora difunto. El primer punto decía:

1. No quiero a nadie triste. Me fui feliz.

Luego, seguía la lista:

2. Cremación. Nada de funerarias.

3. Cero flores. Es un gasto innecesario y luego de unas horas, apestan.

4.Una misa ofrecida por el padre Antonio en la Iglesia de la Sagrada Familia. (No quiero ningún otro padre baboso y cursi y ninguna otra iglesia).

5.Música alegre. Nada de tragedias. Repito, me fui feliz. Deben contratar al grupo de Los Violines de Fernando (Fernando tiene la lista de las canciones que quiero para la ocasión).

6.Las únicas dos fotos que se utilizarán para el servicio son lasque están en este sobre. Más ninguna. (Así quiero que me recuerden. Además, salgo guapo).

7.Cero cementerio. Me entierran en el campo y siembran un árbol donde echen mis cenizas. (Favor de ponerle una verja alrededor para que los perros no me orinen).

Juliana no pudo más que reírse de las ocurrencias de su abuelo, quien, hasta desde el más allá, le daba lecciones de vida mientras la hacía reír. Era obvio para Juliana que las exequias de Papabuelo serían como su canción favorita, A mi manera, interpretada por Frank Sinatra. Así vivió y, por lo visto, así pensaba despedirse.

¡Ay, Papabuelo, no dejas de sorprenderme! –reflexionó Juliana mientras sonreía–. *Pues, manos a la obra. Voy a cumplir al pie de la letra con estas instrucciones.*

En ese momento, salió apresurada hacia la habitación del abuelo, la cual, para su sorpresa, encontró vacía. Todos se habían ido y alguien había cubierto el cuerpo de Papabuelo. Se dirigió entonces a El Gran Salón, donde estaban casi todos los residentes del hogar con rostros sombríos y algunos hasta llorando. Juliana interrumpió el silencio y en voz alta dijo:

–Bueno, bueno, esto parece un funeral, que es precisamente lo que Papabuelo no quería. A quitar esas caras que lo que procede es celebrar la vida de mi abuelo, que era un ser humano extremadamente feliz y los quería mucho a todos ustedes. ¡Don Pancho!, vamos a bailar una salsita de esas que le gustaban ¿Cuál era la última que tenía pegada? –Don Pancho, atónito, le dijo:

–Pues, últimamente nos tenía locos con una vieja canción de El Gran Combo de Puerto Rico, *¡Acángana!*

–Pues, ponla y ven a bailar conmigo. –Juliana no podía creer lo que hacía, pero no sentía tristeza. Estaba feliz por hacer realidad los últimos deseos de Papabuelo.

Pancho no se animó a bailar porque todavía lo arropaba una tristeza profunda y, aunque entendía lo que estaba haciendo Juliana, no se sentía con ánimos de celebrar. Además, la canción le recordaba demasiado a su amigo. Al verlo, Juliana decidió no presionarlo y buscó otra *víctima*. Encontró a Arístides, quien ya había decidido sacarla a bailar, aunque luego le confesó que se sentía sumamente extraño. Así, comenzaron a bailar al son de la canción que decía: «*Vamos a seguir bailando, vamos a seguir contentos y sigamos vacilando, vamos a seguir en esto porque un día de estos, ya tú verás, que va a llegar un demonio atómico y, ¡apracatán, acángana! y nos va a limpiar... Después de muerto no se puede gozar*», decía la letra de manera aparentemente impropia para la ocasión. Sin embargo, luego de un minuto, la música comenzó a hacer su magia y tuvo un efecto reparador. Los residentes se fueron animando mientras recordaban a su amigo y se unieron a Juliana quien, nuevamente, bailó con varios de ellos, incluyendo dos de las señoras. La realidad es que parecía que Papabuelo estaba allí, de cuerpo presente, bailando hasta solo.

–Mira, Juliana, así mismo nos cantaba tu abuelo: «*...después de muerto no se puede gozar*», me decía para que me levantara de la silla y bailara con él –le dijo una dama rechoncha de pelo pintado de rubio.

Al finalizar la canción, la energía del salón era completamente distinta. Había un ambiente festivo; se había configurado la celebración de la vida que quería Papabuelo. Juliana estaba contenta, aunque no podía evitar sentirse un poco extraña con todo aquel festejo, particularmente el suyo. Entonces, decidió tomar la palabra y dirigirse a los residentes una vez más.

–Buenas noches. Muchas gracias a todas y a todos. Aunque sé que lo que estamos haciendo es algo raro para nosotros, mi corazón me dice que es exactamente lo que él quería. Ari me entregó un sobre en el que hay unas instrucciones muy específicas que me dejó Papabuelo para cuando llegase este día –dijo Juliana mientras se escuchaban cautelosas risas en el salón. Definitivamente, Papabuelo no había dejado de sorprenderlos–. Quiero explicarles lo que va a ocurrir en los próximos días. Vamos a cremar su cuerpo y en par de días celebramos una misa con el cura y en la iglesia que él especificó. Entonces, vamos a enterrar sus cenizas en el campo, junto con un árbol, como lo pidió. Por cierto, hemos decidido que el árbol será un roble amarillo. Por supuesto, les voy a avisar para que nos acompañen. A Papabuelo le hubiese encantado que todos fueran.

–Con permiso, Juliana –interrumpió, ante las miradas acusadoras de los presentes, un recuperado don Pancho–. Quiero que sepan que el querido difunto dejó pago el alquiler de un bus con capacidad para treinta personas, para que todo el que quiera, pueda ir sin problemas y sin excusas –dijo riéndose con cara de quien sabe que dio un notición en exclusiva, mientras volteaba su mirada hacia Arístides para enviarle un claro mensaje de que él también guardaba secretos de Papabuelo. Los tres habían sido grandes amigos y, en secreto, como niños pequeños, competían por ser el más cercano–. De modo que, salvo que alguno de ustedes quiera que el hombre le hale las sábanas en las noches, todos debemos ir. –Este último comentario de don Pancho provocó carcajadas de todos los residentes y sirvió para aliviar la pena que, pese a la celebración, les embargaba.

Cuando Juliana terminó con el papeleo, justo antes de salir de la oficina, se encontró de frente con un Fabián quien, lloroso, la abrazó fuertemente. No había podido esperar más. No quería dejar sola a su esposa por más tiempo, aunque, inicialmente, respetó la petición de Juliana. Cuando la soltó, la miró y la vio sorprendentemente tranquila y hasta contenta. Juliana le explicó lo que estaba pasando y le enseñó la tarjeta con las instrucciones.

–Mira esto, Fabián, el tipo estaba fuera de liga.

Fabián leyó la tarjeta con incredulidad y no le quedó otro remedio que reírse.

–Ahora entiendo tu estado de ánimo –dijo abrazándola nuevamente–. Pues, vamos a coordinar todo esto para que quede perfecto. Te pido que me permitas ser parte del proceso. Papabuelo siempre fue espectacular conmigo.

–Lo sé, Fabián y, claro que sí, pero primero quiero hablar con Adriana. ¿Cómo está ella?

–Pues... bien triste, pero creo que hice un buen trabajo inicial al explicarle por qué no debía estarlo. Lo que pasa es que es difícil hacerlo con ojos llorosos. Vámonos, que está en casa de Catalina.

Al salir, la encargada del hogar le entregó un expediente bastante grueso. Era el expediente médico de Papabuelo. Tenía otro sobre pegado en la portada que decía: «*Solo para Juliana Guevara -Abrir el sobre amarillo antes*». Ya esto es demasiado –pensó, pero tomó el expediente y salió a buscar a Adriana. No se había percatado de que ya había pasado más de una hora y media desde que, sin querer, le había dado la noticia del fallecimiento.

Acordaron que, aunque ya Fabián había hablado con ella, ambos conversarían con Adriana sobre la muerte de Papabuelo. La relación entre ellos era demasiado estrecha y era la primera muerte de un familiar cercano para la niña. Querían asegurarse de que pasara por el proceso de la manera más apropiada para su edad, sin complicaciones adicionales al sufrimiento que naturalmente provoca este tipo de acontecimiento.

Juliana se bajó a recogerla a casa de Catalina. Al verla, la niña alzó los brazos, pidiendo, sin decirlo, que los brazos de su madre la arroparan y la protegieran. Juliana la abrazó fuertemente y la cargó; Adriana asumió la posición de un pequeño oso koala en el torso de su madre.

Ambas lloraban copiosamente mientras se apretaban en aquel emotivo abrazo.

—¿Como te sientes mamita? —preguntó Juliana con el pecho apretado, a la vez que montaba a Adriana en el coche para llevarla a la casa. Adriana estaba exhausta de tanto llorar. Contestó un casi inaudible «*triste*» mientras se acomodaba en el asiento trasero. Casi no habló durante el trayecto y Juliana decidió esperar a llegar a la casa para conversar con ella sobre el asunto. Al llegar, ya Fabián estaba en la casa esperándolas.

Al bajarse del auto, Adriana volvió a abrazarse a su mamá y comenzó a llorar. Juliana trató de consolarla.

—Mamita, calma, mi amor...

—¡Es que no voy a ver más a Papabuelo! —Adriana logró decirle entre sollozos.

—Mi amor, Papabuelo me dijo minutos antes de irse al Cielo que había pasado un día chulísimo y que te quiere mucho y siempre va a estar ahí para nosotras.

—¿Cómo es posible eso, si se murió? —preguntó una curiosa y confundida Adriana.

—Pues... verás, cuando personas como Papabuelo se mudan con Papá Dios, los que nos quedamos y las queremos mucho podemos sentir su presencia en nuestras vidas. Solo tienes que cerrar los ojitos y pensar en los momentos lindos que viviste con él y ya verás, te vas a poner bien contenta. Además, cuando te pase algo y no sepas qué hacer, pensarás en él y te preguntarás: *¿Qué haría Papabuelo si fuera yo?* Cuando lo hagas, te darás cuenta de que siempre va a estar contigo, aunque no lo puedas ver ni tocar.

–Pero, ¿por qué se tenía que morir?

–Mi vida, todo el mundo se va a morir. La vida se acaba tarde o temprano. Por eso es que siempre te digo que hay que aprovechar cada momento que estemos juntos, mi amor. Cuando seas más grande, te vas a dar cuenta de que la vida es tan irónica, que hace falta tristeza para entender lo que es la felicidad; ruido para apreciar el silencio; y, la ausencia para valorar la presencia.

–No entendí eso, mami.

–Lo sé, mi amor, pero algún día lo entenderás, ya verás. Pero ahoraaaaaaa, a bañarse y a dormir que mañana hay escuela tempranito.

Adriana obedeció sin chistar, pues todavía tenía sueño, producto de la intensidad del día y tantas emociones que nunca había experimentado. Esa noche hicieron una oración especial por Papabuelo en la que Adriana le pedía a Papá Dios que le cuidara a su bisabuelito de manera especial, porque él era muy especial. También, le dio varios detalles sobre las cosas que le gustaban y, sobre todo, sobre sus platos favoritos, para que se asegurara de que se los prepararan. Juliana tuvo que hacer un esfuerzo enorme para contener sus lágrimas ante la inocencia de su hija y la candidez con la que le hablaba a Dios. Hacía tiempo le había preguntado a su madre cómo orar correctamente «*para asegurarse de que Jesús la escuchara*» y Juliana le había dicho que no había un formato especial, que le hablara y le pidiera como si estuviera hablando con un amigo y que Él entendería. Se hizo claro que la niña había entendido las instrucciones y las aplicaba muy bien. Cuando terminó de orar, abrió los ojos y abrazó a Juliana.

–Ya, mami, creo que le dije todo lo que Papabuelo necesita. Si se me olvidó algo, se lo puedo decir mañana, ¿verdad? Es que tengo mucho sueño.

–¡Claro que sí, mi amor! –dijo Juliana– Tienes toda la vida para hablar con Él.

Juliana arropó a Adriana, la besó en la frente y se fue a su habitación. Al entrar al baño, se percató de que Fabián, siempre atento a los detalles, le había preparado la tina con agua caliente y sales aromáticas para que se diera un buen baño y se relajara. Cuando salió de la bañera, se preparó y se acostó junto a Fabián, quien leía un libro de finanzas corporativas.

–Gracias –le dijo Juliana besándolo tiernamente en los labios.

–Gracias, ¿por qué? –preguntó él.

–Por todo. Por el apoyo, por no hacerme caso y llegar al hogar, por atender a Adriana, por el bañito, por todo.

Instantáneamente, cayó rendida en los brazos de Morfeo. El cansancio del día y el baño caliente eran la combinación perfecta para asegurar una buena noche de descanso. Fabián se dio cuenta y continuó leyendo, preguntándose cuándo sacarían tiempo para hablar de ellos. El asunto de Papabuelo retrasaría la conversación y eso lo entendía perfectamente, pero le preocupaba que siguiera pasando el tiempo.

A las cinco de la madrugada, Juliana se levantó para hacer sus ejercicios matutinos. Era lunes; lunes de locura total. Detestaba los lunes porque todo era más complicado, empezando con el tráfico mañanero. Le había dicho a Fabián que llevaría a Adriana a la escuela, lo cual aumentaba dramáticamente la presión de tiempo. Logró salir temprano de su casa con la niña casi dormida e, inmediatamente, se enfrentó al inmenso tráfico de la ciudad. Sin embargo, llegaron a la escuela 5 minutos antes de que sonara el timbre de entrada. Juliana, ya maquillada, en su vestimenta de abogada y tacos de casi cuatro pulgadas, bajó del coche apresurada, dio la vuelta, bajó el bulto y la lonchera de su hija, ajoró a Adriana quien estaba todavía muy lenta por el sueño, le dio un beso y le echó la bendición; todo eso en un minuto y justo antes de escuchar el bocinazo del desesperado que iba detrás de ella y que también estaba corriendo en contra del reloj. Juliana se molestó y le lanzó una mirada matadora por el espejo retrovisor, tratando de dejar claro que era imposible hacer lo que ella hizo en menos tiempo. Para colmo de males, al levantar la mirada, allí estaban tranquilitas y tomándose un café mientras hablaban, todas vestidas en ropa de hacer ejercicios, aunque ninguna iría al gimnasio: eran las mujeres que más odiaba Juliana, les decía *las licrosas*, en referencia a la indumentaria ajustada que muchas de ellas exhibían desde temprano en la mañana. Juliana las catalogaba de chismosas, imbéciles, vagas e inútiles. Pensaba que eran mujeres llanas, huecas por dentro y carentes de oficio y cerebro. Le molestaba, con cierto grado de envidia que no quería admitir, que estas mujeres, madres como ella, tuvieran todo el tiempo del mundo para holgazanear por la mañana, mientras que ella casi tenía que tirar a su hija por la ventana del coche cada vez que la llevaba a la escuela.

Detestaba *las licrosas* porque ellas tenían tiempo de sobra para atender a sus hijos, mientras ella tenía el tiempo contado, aunque lo aprovechaba al máximo. *Las licrosas* siempre eran las *class mothers* y las que se pasaban cocinando para las actividades de la clase. Juliana no tenía tiempo para cocinar. «*Pregúntales cuánto necesitan, Adri, yo te doy el dinero; o apúntame para vasos, hielo, platos y cubiertos. Yo compro los que hagan falta»*, solía acordar con su hija. Cuando ya pensaba que no podía odiarlas más, recordó el día en que Adriana cursaba el primer grado y le preguntó que por qué ella no era *class mother* y otras madres, sí. El haber tenido que explicarle a su hija las razones por las cuales ella no podía ser *class mother,* hizo que su rechazo a *las licrosas* creciera exponencialmente.

Juliana tuvo un día horrible en la oficina, pues no podía dejar de pensar en Papabuelo y en los arreglos que tenía que hacer. Además, no tenía ningún deseo de manejar los asuntos legales que tenía sobre su escritorio. Después de todo, eran problemas de otros que ella debía resolver. Sin embargo, eran indelegables y no le quedó alternativa que no fuera ir a trabajar a pesar de su dolor. Entre el aburrimiento que ya le provocaba la mayoría de los casos y el empeño de algunos abogados de tomar las cosas personales y formar una pelea por cada controversia legal, Juliana ya estaba harta.

Trabajó unas diez o doce horas –como de costumbre– y regresó a su casa de noche, exhausta, lista para el *segundo turno.* Una vez cumplió con Adriana y la acostó a dormir, se dio un baño y salió a prepararse algo ligero de comer para acostarse lo más pronto posible. Al llegar a la cocina, se encontró a Fabián, quien estaba muy preocupado por Juliana. La notaba demasiado tranquila, a pesar de que sabía que la muerte de Papabuelo había sido un golpe muy duro para ella. Angustiado, pensó que se estaba haciendo la fuerte y la tomó entre sus brazos delicadamente para hablarle.

—Juli, me preocupas mucho. No entiendo cómo es posible que estés tan tranquila y relajada. Es más, diría que hasta feliz. Por favor, mi amor, no te hagas la bravita, no es bueno tragarse la pena y el dolor que debes estar sintiendo.

—Fabián, comprendo tu preocupación, pero es que ni yo puedo entender por qué no me siento triste. De verdad, no lo estoy. Creo que el ver a Papabuelo aceptar la muerte como una transición perfectamente natural, me dio esta paz y tranquilidad que ves. Claro que su ausencia me duele, pero no es tristeza lo que siento.

—Si tú lo dices... pero te confieso que me inquieta... He leído que la tristeza es un sentimiento muy poderoso y puede durar incluso mucho más que el coraje y el miedo. Por eso, hay quien piensa que es el sentimiento que más nos lleva a acercarnos a los demás. Lo que quisiera evitar es que, más adelante, nos demos cuenta de que esa paz que sientes ahora, no es otra cosa que una gran tristeza disfrazada, esperando el momento para apoderarse de ti.

Juliana miró a Fabián sorprendida.

–Pero, ven acá, y toda esa filosofía tuya. ¿De dónde salió?

–¡Aaaah! Perdóname, ¿tú te crees que solo contigo Papabuelo compartía su sabiduría? –dijo él sonriendo–. Si es así, te equivocas. Precisamente, la semana pasada estuve leyendo un libro que él me regaló. Ahí fue que leí lo que te acabo de contar. Ese libro me marcó, debes leerlo cuando puedas.

–Ya veo, ya veo –dijo Juliana con una sonrisa pícara. Veremos cómo me siento más adelante, pero ahora... ¿qué te parece si le damos forma a las peticiones de nuestro queridísimo Papabuelo? ¿Sí? Voy a enmarcar las fotos y llamaré al padre Antonio. ¿Puedes encargarte de coordinar con Los Violines de Fernando? Eso es bien importante.

–Ok, dame el número de teléfono que yo los llamo –dijo Fabián con cierto grado de excitación–. Estoy loco por saber cuál es el repertorio que escogió.

Cada cual se puso a trabajar en su parte. Por un momento volvieron a comportarse como el equipo invencible que eran ante los ojos de toda su familia y sus amistades. La prioridad eran las exequias fúnebres de Papabuelo y sus problemas quedaron en pausa, casi olvidados. El tener que ocuparse de ese asunto resultó ser un bálsamo que devolvió la relación, aunque fuera temporalmente, a sus años gloriosos, cuando todo lo arreglaban juntos y siempre resolvían sus diferencias con respeto y amor.

SIETE DÍAS DESPUÉS

Finalmente, llegó el gran día y Juliana continuaba con su cara de felicidad, porque habían logrado coordinar todo sin mayores problemas ni complicaciones. Tanto el sacerdote como los músicos habían recibido la noticia con un profundo dolor, pero orgullosos de las instrucciones específicas de Papabuelo. Lo que no sabía Juliana es que, en vida, ya él les había comunicado sus planes en caso de muerte.

Una vez en la iglesia, Juliana recibió a los asistentes, junto con Fabián y Adriana. Todos los residentes del hogar habían llegado muy temprano en el autobús alquilado por el difunto y vestían sus mejores galas, aunque al menos tres de ellos se movían en sus sillones de ruedas, empujados por las enfermeras del hogar.

–¿Cuántos miles de años tú crees que hay aquí? –le preguntó al oído Fabián a Juliana.

Ella sonrió y le dio un codazo juguetón a su esposo.

–No me hagas reír que la gente malinterpreta –le dijo.

Unos minutos después, cuando ya todos estaban en la capilla, entró el padre Antonio y comenzó la primera pieza musical. «*Escucha hermano la canción de la alegría, el canto alegre del que espera un nuevo día... ven, canta, sueña cantando, vive soñando el nuevo sol, en que los hombres volverán a ser hermanos...*». Era *El himno de la alegría*. El hecho de que esa fuera la pieza escogida por Papabuelo, revelaba el tono de lo que sería esa reunión. Se trataba de una celebración; un canto a la vida.

El padre Antonio dio la bienvenida a todos y, luego de la primera lectura y el Salmo escogido por Papabuelo, pausó.

–Ahora voy a dejarlos con alguien que les quiere dirigir unas palabras.

Acto seguido, mientras todas las miradas se posaban en Juliana, el padre tomó un control remoto y oprimió el botón de reproducir. En una pantalla bastante grande, en la que antes se habían presentado imágenes de la naturaleza, especialmente varios atardeceres, apareció de momento, nada más y nada menos, que la imagen en movimiento de Papabuelo con una sonrisa de oreja a oreja. Parecía estar presente en la capilla y disfrutarse las caras de todos, quienes no podían creer lo que veían.

Permanecieron a la expectativa en absoluto silencio, durante unos cinco segundos, que se sintieron como una eternidad.

«*¡Hooola!*» –se escuchó la voz de Papabuelo en tono elevado, seguido de una de sus clásicas carcajadas–.

«*Si están viendo esto es porque ya no estoy entre ustedes, así que gracias por estar aquí*».

Nadie podía creer esta última jugarreta de Papabuelo. Era una experiencia surreal. Todos permanecían en silencio, pasmados ante lo que parecía ser una visión, como un fantasma; todos, salvo tres personas que no pudieron contener el llanto por la emoción. Uno de ellos, un individuo barbudo que se había sentado en el último banco y que nadie parecía conocer, salió de la capilla para poder llorar libremente sin ser una distracción ni un estorbo para los demás.

«*Quiero decirles, desde ya, que no quiero a nadie llorando. Ni a ti, Julianita, ni a ti, Adriana. Estoy feliz y descansando en un mejor lugar. Esas lágrimas son lágrimas egoístas. Sí, egoístas, porque no quieren dejarme ir para tenerme para siempre con ustedes. Pero, ¿y yo qué? Yo me merezco este descansito*» –dijo y volvió a reírse–. «*Durante los últimos años, pensé mucho en este momento y me preparé para él. Viví mi vida de forma plena y no dejé nada pendiente. Hice las cosas a mi manera y fui feliz haciendo felices a otros, incluyendo a muchos de ustedes*» –pausó–, «*es que tienen* que entender que de eso es que se trata la vida. Es una larga secuencia de momentos; no es una película. No tiene que ser todo perfecto. De hecho, nunca será todo perfecto. La vida se trata de estampas que nos hacen felices. Son esos momentos, como una especie de fotos de un álbum, los que hay que disfrutarse a plenitud».

En ese instante, ya las palabras que venían del más allá habían calado hondo en la mayoría de los asistentes, provocando un festival de lágrimas y gemidos. Sin embargo, no eran los ancianos del hogar los más llorosos, sino las personas más jóvenes, incluyendo a Fabián y al grupo íntimo de amigas de Juliana, entre ellas Catalina y Mercedes, quienes, como de costumbre, habían llegado tarde por compromisos de su trabajo.

«Ustedes saben que yo me leí todos los libros que pude y, aunque no tengo estudios formales, de ahí fue que saqué todos los disparates que les dije durante mi vida y que hoy les repito. Así que échenles la culpa a los libros por este y todos mis discursos filosóficos» –dicho esto, Papabuelo soltó una oportuna risotada que ayudó a aliviar la tensión que reinaba en la capilla–. «Por ellos aprendí que la felicidad más grande es la que experimentamos cuando ayudamos a otros a ser felices. Estamos preprogramados para ocuparnos de los demás y ser generosos los unos con los otros. Esa es la naturaleza humana. La pasamos muy mal cuando no podemos interactuar con otras personas. Si no me creen, *pregúntenle a los que han estado confinados, encerrados en solitaria. Por eso es que ese castigo se considera como uno extremadamente cruel. Esto no me lo inventé yo, ni me lo saqué de la manga. Lo leí en el libro 'The Book of Joy', en el que el autor, Douglas Abrams, narra y comparte con el lector sus largas conversaciones con el Dalai Lama y el arzobispo africano, Desmond Tutu. Ese libro se lo recomiendo a todos, al igual que se lo regalé a mi querido Fabián, el esposo de mi nieta, Juliana, a quien también quise como mi nieto».* –En ese momento, Papabuelo pausó y comenzó a mirar hacia todos lados.

«Fabián, más te vale que me estés escuchando y que hayas leído el libro. ¡Ja, ja, ja!» –se escuchó otra de sus sonoras carcajadas.

Mientras, Fabián asentía con la cabeza ante las miradas de todos los dolientes. Segundos antes le había dicho a Juliana al oído:

–¿Viste? Soy un buen alumno –lo que provocó una cautelosa sonrisa en Juliana.

«Dice el arzobispo» –continúo Papabuelo, luego de tomar un poco de agua– *«que en su natal África existe un concepto que se conoce como Ubuntu. Ubuntu establece que cada uno de nosotros se convierte en persona a través, o por medio, de otras personas. Nadie, no importa lo poderoso o inteligente que sea, puede sobrevivir sin otros seres humanos. Somos interdependientes. Es por eso,*

dice él, que la mejor manera de cumplir tus deseos y alcanzar tus metas es ayudando a otros y cultivar más y más amistades. Es un círculo. Mientras más dirigimos nuestra atención hacia otros, más alegría sentimos. El objetivo de todos en la vida no es solo crear alegría para nosotros, sino para los demás. Mientras más alegría experimentamos, más alegría podemos llevarle a otros. Tenemos que ser, como dice el arzobispo, 'una reserva de alegría, un oasis de paz, un estanque de serenidad hacia todos los que están a nuestro alrededor. La alegría es contagiosa, como lo son el amor, la compasión y la generosidad. Mientras más practiques y cultives estos sentimientos, más feliz serás. La gente feliz es, usualmente, más sociable, flexible y creativa. Además, tienen una mayor capacidad para manejar y tolerar las frustraciones de la vida diaria. Por el contrario, los infelices tienden a ser egoístas, egocentristas, socialmente retraídos y hasta antagónicos'. Así que, ustedes deciden en cuál de los grupos quieren estar. Como saben, yo escogí ser feliz y lo hice a mi manera».

En ese momento los ánimos estaban mejor, pues el mensaje de Papabuelo era motivador. Entonces, se vio nuevamente cuando tomó agua y dijo:

«Queridos: El tiempo no espera por nadie. El hielo se derrite, el café se enfría y el tabaco se apaga. Vivan la vida. Aprovechen cada segundo. Hay tres cosas que nunca van a poder recuperar: la palabra, después de que la digas;

el momento, después de que lo pierdes; y, el tiempo, después que pasa. Si me preguntan mis recomendaciones para ser felices, les diré que tienen que dejar de hacer lo siguiente: quejarse, echarles la culpa a otros, insistir en el pasado, resistir el cambio, querer impresionar a otros, querer estar siempre correctos, necesitar la aprobación de los demás. Con hacer esto nada más, les aseguro que su vida cambiará para bien... Bueno, con esto los dejo. Gracias por venir. Dios me los bendiga y recuerden siempre mirar en cinco direcciones: adelante, para saber hacia dónde se dirigen; atrás, para recordar de dónde vienen; debajo, para no pisar a nadie; a los lados, para ver quién les acompaña en tiempos difíciles; y hacia arriba, para que siempre sepan quién los cuida. Adióooooossss...» –resonó la voz de Papabuelo a la vez que exhibía nuevamente su amplia sonrisa y se despedía enérgicamente utilizando ambas manos. Su imagen permaneció en pantalla unos cinco segundos más, inmóvil, hasta que se levantó de la silla y dijo desesperado:

«Ya, Ari, ya acabé. Corta» –mientras le quitaba el teléfono celular a su "camarógrafo". Al fondo, se escuchó la voz del viejo Arístides– «Es que no sé cómo darle pausa», –lo cual provocó unas muy necesitadas carcajadas de la audiencia.

Aliviado y despejado el ambiente, el padre Antonio apagó la máquina de vídeo y se puso de pie para dirigirse al público.

–La vida es placentera y la muerte es pacífica; es la transición la que es problemática y dolorosa. Sin embargo, don Alejandro Augusto Guevara, Papabuelo para muchos de ustedes, tuvo una transición cómoda y sutil. Eso, mis queridos hermanos, es un gran lujo. Nadie quiere morir, incluso las personas que van a ir al Cielo, nadie quiere irse. Sin embargo, la muerte es el destino de todos aquí. Nadie se ha escapado de ella y es que así debe ser, porque la muerte es lo que permite hacer espacio para lo nuevo. La muerte es el agente de cambio de la vida. Les confieso que tenía unas palabras preparadas para esta ocasión y yo juraba que era tremendo sermón, con un mensaje poderoso. Sin embargo, después de escuchar lo mismo que ustedes, no me cabe duda de que solo puedo dañar esto si abro la boca –dijo el cura provocando la risa de los asistentes–. Por lo tanto, les pido que se pongan todos de pie para continuar con una breve ceremonia.

Terminada la misma, Los Violines de Fernando deleitaron al público con lo que en realidad era el himno de Papabuelo, la canción *A mi manera*, interpretada magistralmente por un joven con una potente voz, muy similar a la de Frank Sinatra. Luego, los ancianos del hogar fueron despidiéndose de Juliana. Todos le solicitaron que no los olvidara y fuera a visitarlos de vez en cuando. Ella se comprometió a así hacerlo, pero les pidió un tiempo para asimilar bien todo lo que estaba ocurriendo.

Mientras se despedía, puso su atención en un caballero de unos sesenta años de edad, quien había llegado temprano a la ceremonia y se había sentado en el último banco de la capilla. Era la persona que se levantó al no poder contener el llanto, cuando Papabuelo comenzó a hablar. Su cara le resultaba muy familiar a Juliana, pero una espesa barba blanca, unida a las gafas oscuras que nunca se quitó, le impedían distinguir sus facciones claramente. Hubiese jurado que, en varias ocasiones, se había encontrado con la mirada del caballero, quien nunca se le acercó y ya salía de la iglesia algo apresurado.

Esa misma tarde, Juliana, Fabián, Adriana, don Pancho y Arístides fueron a una parcela de terreno en el área rural, para hacer realidad el último de los pedidos del difunto. Los ancianos, a quienes Juliana y Fabián habían ido a recoger en el hogar para que los acompañaran, estaban muy honrados por la oportunidad de escoltar a su gran amigo hasta su última morada.

—La verdad es que solo a tu abuelo se lo ocurriría algo así. ¡Qué ganas de complicarle la vida a los que nos quedamos! —dijo don Pancho refunfuñando, mientras cargaba la urna en la que estaban las cenizas de su socio.

—Pancho, no seas tan gruñón y cállate la boca, chico. Yo creo que es tremenda idea y es mucho mejor que estar en un cementerio frío y rodeado de flores podridas e imágenes de ángeles, querubines y otras figuras religiosas cubiertas de hongo que, al final del día, meten miedo, más que inspirar a cualquier cosa –declaró Ari con gran autoridad.

–Es verdad lo que dices. Solo que quiero verte acordándote de dónde fue que enterramos al amigo. Esto es todo verde y parece igual donde quiera que mires –replicó don Pancho con cara de advertencia, a la vez que miraba a su alrededor y estudiaba minuciosamente el terreno circundante. Mientras esta conversación seguía su curso, Fabián cavaba un hueco relativamente pequeño, suficiente para colocar la urna. Era profundo, pero bastante angosto en la superficie, justo del tamaño de la circunferencia de la boca de la urna.

Unos pasos atrás, Juliana y Adriana cargaban el árbol junto al cual descansarían las cenizas. Solo medía unos 90 centímetros de alto, pero ya exhibía un par de flores amarillas, típicas de esa variedad de roble.

Cuando ya estaba todo preparado, el ambiente se puso tenso y el rostro de todos los adultos se tornó sombrío. Llegaba el momento del adiós definitivo. Una vez enterraran esas cenizas, ya no quedaría nada físico de Papabuelo sobre la faz de la Tierra.

–Ahora sí es verdad que tengo ganas de llorar, coño –dijo don Pancho apretando los labios y tratando infructuosamente de contener las lágrimas.

–No llores, Pancho, que a mí poco me falta. Además, ahí está Adriana y no quiero que se desmorone por culpa nuestra.

De nada sirvió la advertencia de Arístides, pues segundos después, los dos se fundieron en un abrazo solidario mientras lloraban todo lo que no habían llorado desde la muerte de Papabuelo. Sin embargo, ese llanto no fue nada en comparación con la catarsis que provocó Adriana cuando, luego de sembrar el árbol y echarle tierra encima con una pequeña pala que su padre le prestó, comenzó a "hablar" con Papabuelo. Nuevamente, la inocencia de la niña cautivó a los presentes y provocó que brotara un mar de lágrimas que había estado contenido por varios días.

Una vez mezclaron las cenizas con la tierra, y luego de tapar las raíces del árbol, la pequeña comitiva procedió a retirarse en absoluto silencio. Fabián cargó en sus brazos a su hija, mientras todos se montaron en el auto para dejar en el hogar a los restantes componentes del famoso trío del hogar. Ambos se despidieron y otra vez invitaron a Juliana a que los visitara cuando pudiera y que no se olvidara de ellos. Ella reiteró su promesa de así hacerlo, pero también les recordó que necesitaría tiempo.

Al llegar a su residencia, todos querían acostarse a descansar, pues ya eran demasiadas las emociones del día. Juliana, curiosamente, no podía acostarse. La adrenalina no le permitía reposar. Fue en ese momento que decidió abrir el sobre amarillo. Lo hizo con algo de curiosidad, pero también un poco de temor. Ya no sabía qué esperar de su abuelo.

A mi querida Juliana: –comenzaba la misteriosa carta–.

Quiero comenzar dándote las gracias por todo el amor que siempre me demostraste durante tu vida. No tienes idea de cuánto lo aprecié y lo necesité. Siempre fuiste motivo de mi mayor orgullo y también te amé como nunca pensé que iba a amar a nadie, luego de la muerte de tu abuela, a quien nunca conociste.

Ya debes haber recibido un paquete bastante grueso. Ese es mi expediente médico, el cual nadie ha visto, ni siquiera la persona que te lo entregó. Te lo dejé solo por el valor que pudiera tener para ustedes, en caso de que el historial hereditario tuviese alguna importancia en el futuro. No sé por qué razón específica morí, pero debes saber que, justo cuando ingresé al hogar, me diagnosticaron cáncer en el esófago. En el momento en que se descubrió, estaba bastante avanzado. Me ofrecieron tomar unas quimioterapias, pero las rechacé porque pensé que a mi edad me podían acabar de matar. Además, en ese momento, ya yo estaba listo para dejar este mundo y muy complacido con mi vida. Absolutamente nadie sabe de esta condición y te pido que no compartas la información, salvo con tu padre. Te dejo claro que no sufrí mucho, pues mi cáncer fue bastante asintomático y el dolor que ocasionalmente sentía, lo alivié con cannabis medicinal debidamente recetado, acupuntura y meditaciones. Es impresionante cómo la medicina natural, específicamente la oriental, puede convivir con la medicina tradicional y ser una combinación exitosa. Lo que pasa es que insisten en competir. Cuida mucho tu salud, Julianita. Todo lo demás es secundario.

Además de mi enfermedad, hay un asunto que, a veces, pienso que debí compartir contigo en vida, pero ya es tarde para eso si estás leyendo esta carta. Recuerdas cuando me decías que me admirabas porque nunca te hablé mal ni mostré resentimiento alguno por el hecho de que tu padre, Alejandro, me ingresó en el hogar? Pues tengo que decirte algo que es de vital importancia que sepas, pero que nunca te dije porque prometí guardar el secreto 'hasta la muerte'. Pues ya lo cumplí; ahora hablo después de muerto, ¡jaaaa!

La razón por la cual nunca mostré resentimiento ni coraje hacia tu padre, es por la misma razón que tu madre tampoco te habló mal de él. Mi amado hijo, Alejandro, es una buena persona, pero tiene un gran problema que nunca pudo resolver ni manejar: tu padre es alcohólico. Por eso se divorció de tu mamá y por eso me ingresó, a tiempo, en el hogar.

En ese momento Juliana casi se desmaya. Sintió que el alma se le escapaba del cuerpo. ¿Cómo era posible? ¿Cómo es que ahora me vengo a enterar de esto? Por primera vez sentía que estaba molesta con Papabuelo.

Me imagino que esto es una sorpresa bien desagradable para ti; pero es la realidad y es importante que lo sepas, porque sé que te mantuviste alejada de él durante muchos años. Si mal no recuerdo, desde la muerte de tu madre, hace unos diez años, no tienes contacto con él. Es demasiado tiempo. Por lo que tú y yo hablamos, me consta que ello ocurrió porque siempre pensaste que te había fallado a ti, a tu mamá y hasta a mí.

Sin embargo, es todo lo contrario. Su divorcio, su alejamiento de ti y mi ingreso al hogar ocurrieron porque nos quiso proteger de sí mismo. Verás, en los peores momentos de su condición, Alejandro se ponía violento e incoherente. Aunque nunca golpeó a tu madre, sí tuvieron varios incidentes de violencia doméstica en el hogar, los cuales pudieron manejar sin que tú te percataras de lo que ocurría. Fue él mismo quien se dio cuenta del daño que le hacía a tu madre y a la relación, y del posible daño que podía hacerte a ti, que eras muy joven. Por eso decidieron divorciarse, aunque el amor que sentía uno por el otro seguía presente. Lo mismo ocurrió conmigo. Me había convertido en una gran responsabilidad para él y no podía cumplirla. Es por eso que decidió ingresarme, de modo que yo estuviese en un lugar seguro, donde no me faltara nada. Aunque intentó superar su problema, a su manera, la realidad es que, hasta este momento, no ha podido. Para colmo, a pesar de mi insistencia, nunca quiso entender que está enfermo y necesita ayuda profesional. La única vez que ingresó a un hospital especializado para tratar personas como él, se fue al tercer día y nunca regresó.

Juliana dejó de leer por unos minutos porque estaba en estado catatónico. Buscó una copa de champán y continuó.

Me gustaría que fueras a visitarlo un día. Comunícate con él, por favor. El número de su móvil está anotado al final de esta carta. Vive en el Condominio Tres Pinos, apartamento 529. Es un lugar modesto, pero acogedor. Es importante que hables con él para que puedas hacer las paces con tu padre. No es bueno que sigas toda la vida pensando que es una mala persona o que te abandonó. Sé que eso, de algún modo, te come por dentro y te hace mucho daño.

Juliana tragó gordo y soltó la carta nuevamente. No podía creer que, para colmo, Papabuelo quería que hablara con el padre que, para efectos de ella, los había abandonado a los dos. Era muy difícil asimilar lo que leía, sobre todo, porque nunca había podido perdonar a su padre y, mucho menos, cerrar ese capítulo de su vida. Después de respirar profundo, decidió seguir leyendo aquella misiva.

Sin embargo, antes de visitar a Alejandro, quiero que conozcas a mi mejor amiga.

Juliana estaba perpleja, pues no sabía que existía tal persona.

Se llama Camila y, créeme, es alguien bien especial a quien conocí hace años, después de la muerte de tu abuela, mientras vacacionaba en el resort playero donde ella trabaja. Aquí está la dirección. No tienes ni que llamarla. Ella siempre está allí. Solo llega e identifícate. Preferiblemente, separa un fin de semana para estar con ella. Puedes llevarte a tu familia, pero pídeles que te den tiempo para estar a solas con Camila. Al igual que tú, ella es una mujer extraordinaria y luchadora. Su vida no ha sido fácil, pero sus cicatrices son como trofeos ganados en cada batalla que dio para superar obstáculos. Es una persona muy especial para mí y la quise mucho, tanto como ella a mí.

Lo que me faltaba –pensó Juliana–. *Ahora quiere que vaya a conocer a quien parece ser una novia que nunca me presentó en vida.* –Decidió dejar los párrafos finales de la carta para el otro día y terminó lo que quedaba en su copa de un solo sorbo, pensando que algún día tendría que conocer a esa señora.

Al día siguiente, no hizo más que levantarse para hacer sus ejercicios y retomó la lectura del final de la carta.

Juliana, sé que esta carta te debe haber molestado, particularmente, por la revelación de dos secretos que guardé hasta mi muerte. Te pido que no lo tomes mal. Todos tenemos secretos. Por mi parte, aunque siempre viví causando la impresión de que todo lo compartía con cualquiera, la realidad es que siempre coincidí con la sabiduría de aquel dicho: 'Eres dueño de lo que callas y esclavo de lo que dices'. Te recomiendo que hagas lo mismo.

Bueno, otra vez hablé (escribí en esta ocasión) de más. Juli, enséñale a Adriana a ser ella misma, que aprenda que es única. No existe nadie como ella, igual que no existe madre como tú. Asegúrate de prepararla para el futuro y, sin dañarle su ilusión de un mundo perfecto donde todo es bello, que aprenda desde pequeña que la vida es complicada y que no puede rendirse ante el menor obstáculo. Y, por favor, no le saques del medio todas las piedras que se encuentre en el camino, porque si lo haces, cuando ya no estés, ella no sabrá sacarlas. Así te criaron a ti. Te dejaron caer para que aprendieras a levantarte; y lo lograste. Permite que Adri se desarrolle. Tiene un potencial ilimitado. Recuerda que todas las flores del mañana están en las semillas que sembramos hoy.

Invítala a -y déjala- soñar. Es natural que podamos perdonarle a un niño el miedo que le tiene a la oscuridad; lo que es imperdonable, según Platón, es ver a los adultos que le tienen miedo a la luz.

Y tú, piensa bien lo que quieres hacer con tu vida. No puedes regresar al pasado a cambiar lo que hiciste y tener un nuevo comienzo, pero puedes empezar hoy a construir un nuevo final. Te amo, Juliana. Búscame, ahora sí que siempre voy a estar presente. Te mando un abrazo de oso.

Papabuelo.

El final de aquella epístola hizo que Juliana olvidara la molestia e incomodidad que le causaron los primeros párrafos. *¿Hasta cuándo este viejito va a seguir enseñándome?* –se preguntó en silencio mientras sonreía levemente para sí misma.

Transcurrieron varias semanas desde la muerte de Papabuelo y la tranquilidad y paz mental de Juliana se desvanecían con cada hora que pasaba. Contrario a lo que ocurrió inicialmente, la ausencia de Papabuelo y las múltiples noticias que le siguieron, no le permitían recuperar su concentración en el trabajo ni su felicidad en el diario vivir. La relación con Fabián estaba muy deteriorada, en realidad, desgastada, sin razón aparente. Para colmo, él daba la impresión de haberse cansado de intentar y se mostraba muy indiferente. Juliana pensaba que estaba sumida en una depresión leve, pero, aunque sabía lo que tenía que hacer, cometió el mismo error que la mayoría de las personas, y decidió tratar de manejar el asunto sola. Ello era absurdo, sobre todo en su caso, pues su amiga Patricia Pirella era una reconocida psiquiatra que podía orientarla con solo recibir una llamada o un mensaje de texto.

———— ◦∞◦ ————

SEMANAS MÁS TARDE

Mientras, sin saber por lo que estaba atravesando su amiga, Mercedes convocó a una reunión de emergencia. Había transcurrido ya mucho tiempo desde la última reunión y estaban pasando cosas en la vida de cada cual muy rápidamente. Acordaron verse en el bar de siempre, un lugar muy bonito y moderno, pero poco concurrido los días de semana. Era perfecto para ellas, porque se adueñaban del lugar, donde ya las conocían, y reían a sus anchas en el pequeño salón privado que les reservaban.

La primera en llegar fue Juliana, luego Fabiola, Catalina y la última, como siempre, Mercedes. No había forma de que llegara temprano. Habían intentado de todo, incluso decirle la hora incorrecta, para ver si conseguían cambiar la situación, pero nunca lo lograron y la dieron por incorregible.

Ordenaron una botella de champán, unos quesos y chocolates para acompañarlo, mientras esperaban a Mercedes. Aunque ambas ya lo habían hecho telefónicamente, Fabiola y Catalina se excusaron nuevamente por no haber ido a las exequias fúnebres de Papabuelo, ya que por pura casualidad ambas estaban de viaje ese día.

–Bueno, ¡estoy atrás! –gritó Mercedes tan pronto entró al lugar y vio a sus amigas–. Chico, tráeme un *shot* de tequila y una copita para luego seguir con el champancito, por favor.

–¿Llegarás temprano algún día a algo, Meche? –preguntó Fabiola–. He decidido que voy a mandar a buscar la muerte contigo. Así me aseguro de que tarde una eternidad.

–Salud por eso –dijo Catalina, mientras todas levantaban sus copas para ser parte de aquel brindis jocoso.

–¡Ay, ya!, dejen el *show* que ustedes saben que tengo demasiado trabajo y no tengo tiempo para nada. Tengo la presión por las nubes y necesito liberar el estrés. Estoy aquí nada más porque son ustedes.

–Sí, y porque fuiste tú la que nos convocó. ¿O ya se te olvidó ese detallito? –preguntó Juliana riéndose.

En ese momento llegó el shot de tequila y, entonces, fue Mercedes quien brindó.

–¡Salud, chicas! –exclamó en tono elevado, mientras todas subían las copas nuevamente–...porque belleza nos sobra.

–¡Salud! –dijeron todas al unísono, mientras se reían de su propio brindis. Según iba pasando la noche, la conversación se hacía más profunda y compleja.

–Y tú, Juli, ¿qué nos cuentas? ¿Cómo te ha ido después de la muerte de Papabuelo? –preguntó Mercedes.

–Pues, mira –dijo Juliana enderezándose en la silla, preparándose para ocultar su realidad–, estoy muy bien, tranquila. Papabuelo se encargó de que así fuera. Además, tengo bastante trabajo sobre mi escritorio y, entre eso y las tareas escolares de Adriana, que cada vez se ponen más duras, no tengo tiempo para preocuparme. Para colmo, Fabián tiene unos proyectos por los que requiere llegar bien temprano a su oficina y hace semanas que estoy llevando a Adri todos los días. Eso me gusta por un lado, pero me mata por el otro. Estar con Adriana esa media horita mañanera todos los días es buenísimo. Lo que no soporto son *las licrosas* –dijo con un gesto de coraje. Todas se miraron y le preguntaron qué era eso de *las licrosas*. Cuando Juliana comenzó con su explicación y dio su parecer al respecto, Catalina tosió.

–Permiso, Juliana, ¿tú te has dado cuenta de que, de acuerdo con tu descripción, yo podría ser una *licrosa*, como tú las llamas? Aguántate ahí que vas a meter las patas más de lo que ya hiciste –sentenció en tono molesto.

–Perdona, Catalina, no me refería a ti –dijo Juliana avergonzada.

–¡Pues claro que sí, Juliana! Claramente, para ti yo soy una *licrosa.* Entiéndase, una mujer que no trabaja fuera de su casa y que toma café por las mañanas en la misma escuela, en ropa de ejercicios, aunque no va para ningún gimnasio. Me imagino que piensas que soy bruta, que no *trabajo* y que no aporto nada a la sociedad.

–Catalina, noooooo, perdona... –trató de interrumpir Juliana.

–No, no, no, Juliana Guevara. Ahora usted me va a escuchar, licenciada –dijo en un tono que revelaba indignación, molestia e incredulidad ante el hecho de que su amiga, entre todas las personas del mundo, fuera quien hubiese bautizado con semejante epíteto a las mujeres que no trabajan fuera del hogar–. Lo primero que tengo que decirte es que no puedo creer que seas tú quien hable así de este tema. ¿Tienes idea de lo que yo hago en un día común y corriente, sin ayuda de un esposito tan chulo como el tuyo? –Catalina pausó, pero su mirada de fuego hacia Juliana no cedió su intensidad. Juliana optó por no contestar–. Pues sabrás que yo me levanto todos los días a las 5:00, pero no a hacer ejercicios, como tú. Me levanto a preparar desayuno para mis dos hijos, porque sé que es la comida más importante del día y quiero asegurarme de que salen de la casa bien alimentados. Eso los ayuda para todo, pero, sobre todo, para la energía que van a necesitar para estudiar y poder concentrarse en las clases. Luego, cuando ya está casi todo listo, comienzo el proceso de despertarlos y arrancarlos de la cama, lo cual me toma como diez minutos, entre los dos. Una vez se visten, tengo que mantener la presión para que no se queden embobados y se coman el desayuno rápido, para que luego se laven la boca, tratar de salir de mi casa antes de las 7:00 y evitar la congestión de tránsito descomunal que se forma todos los días.

–¡Muchacha! A las 5:00 de la mañana no me levanto yo ni para orinar –dijo Mercedes riendo.

–Ya yo estoy exhausta, nada más de escuchar cuál es tu rutina –dijo Fabiola.

–Pues pónganse el cinturón, que estoy empezando. Salgo como una loca para la escuela, rezando que no haya ningún accidente en el camino y me estaciono en los alrededores de la escuela. Y sí, Juliana, me visto con ropa de hacer ejercicios porque es más cómoda y práctica que otro tipo de ropa, por ninguna otra razón. Me bajo a dejarlos porque puedo hacerlo y, entonces, me quedo allí mismo y me tomo un merecido café, en paz. Este chistecito se repite todos los días, de lunes a viernes. No tengo conductor sustituto para esta tarea.

Juliana, avergonzada, pidió excusas y de paso rogó que se cambiara el tema, pero Catalina se negó rotundamente. Quería dejar claras las cosas y evitar que la miraran como si fuera menos que las demás, porque no trabajaba fuera de la casa.

–Regreso a barrer y mapear toda la casa, hacer las camas y recoger las habitaciones. A esa hora aprovecho para lavar la ropa de los niños, en especial, los uniformes deportivos que siempre tienen una peste a sudor insoportable. Luego de eso, cuando me da el tiempo, preparo lo que sea para yo poder almorzar algo, y, también, la cena de los niños de ese día. Y claro, por lo menos, una vez a la semana me toca bañar al perro.

Catalina continuó su recuento, que parecía interminable y, ciertamente, era agotador. Sin embargo, Mercedes interrumpió.

–La verdad es que tú estás bien fastidiada, mi querida amiga. Yo brindo por las amas de casa. –Y todas se unieron en otro brindis–. Además –añadió Mercedes– le voy a pedir a Juliana que se excuse contigo ahora mismo, públicamente, por haberse burlado de una *licrosa* tan trabajadora como tú. –En ese momento, mientras Mercedes se reía a carcajadas de su propia broma, Catalina rio por primera vez desde que había comenzado a tocar el tema, y miró a Juliana buscando una reacción.

Juliana, sin titubear, se dirigió a su amiga tan querida y se disculpó. Le dijo que nunca había pensado en eso cuando bautizó a *las licrosas*, pues, en efecto, siempre pensó que eran mujeres banales, casadas con maridos ricos que las mantenían y que poco hacían con sus vidas. Era obvio, admitió, que se había equivocado gravemente.

–Ahora yo quiero brindar por las metidas de pata –dijo Juliana aprovechando el momento jocoso. Al mismo tiempo, se levantó de su silla y fue a abrazar a Catalina, quien aceptó el abrazo sin reservas.

–¡Eso eeeeeeee! –Exclamaron las otras mientras se tiraban una encima de la otra como adolescentes y se morían de la risa, a la vez que derramaban parte de aquel exquisito champán sin importarles mucho. Las risas y los gritos se escuchaban por todo el local, a pesar de la privacidad que les proporcionaba el saloncito en donde estaban.

Juliana estaba muy aliviada y complacida con la manera en que habían salido las cosas después de su imprudente comentario. Se había dado cuenta de que, por años, debido a su falsa impresión de aquellas madres, había menospreciado a miles de mujeres que, como Catalina, son amas de casa y son la piedra angular de muchos hogares. Sí, trabajar fuera y criar los hijos correctamente es un gran reto, pero ella prefería mil veces estar en la oficina y en los tribunales litigando durante largas horas, que hacer lo que Catalina describió como un día típico de su vida. No le interesaba para nada intercambiar roles con ella. La verdad es que poca gente valora el trabajo de una ama de casa.

Pasaron una noche extraordinaria hasta que Mercedes, pasada de copas como de costumbre, se negaba a entregar las llaves de su coche.

–Dame acá esas llaves que tú no puedes conducir –le reclamó Juliana con autoridad, provocando que, al fin, su terca amiga cediera ante la fuerte presión de grupo que estaba recibiendo con respecto al asunto. No era la primera vez que ocurría, de modo que Juliana ya estaba preparada para esa eventualidad. Llevó a Mercedes a su casa y dejaron su coche en el estacionamiento del bar, donde estaría seguro. Detrás de ellas, iba Catalina, quien llevaría a Juliana a su casa.

Al llegar al apartamento de Mercedes, se bajaron del coche y poco faltó para que esta cayera al pavimento. Juliana la sostuvo con mucho trabajo, mientras su amiga le decía:

–Juli, no me sueltes, por favor. No te vayas que estoy mareada.

–Mareada –dijo Juliana riendo– ¡borracha! es lo que estás.

–No, Juliana, además de borracha estoy mareada porque hace tiempo que tengo la presión bastante alta y no me tomo los medicamentos. Tampoco sigo la dieta que me preparó la nutricionista que me recomendaste. No me he estado sintiendo muy bien.

–La verdad es que no te puedo creer que seas tan irresponsable contigo y con Paola. ¿Qué se haría esa niña sin ti? Hablaremos mañana. No hay nada más inútil que tratar de razonar con un borracho –dijo Juliana en tono molesto mientras la llevaba a su cama.

Juliana no necesitaba más estresores en su vida y Mercedes no cooperaba. Lo que prometía ser una gran reunión de amigas terminó en un mal rato. Para acabar de complicar el asunto, Marcos, el compañero de Mercedes por los pasados tres años y medio, no estaba presente porque ella lo había botado de la casa por enésima ocasión, nuevamente, sin razón válida, producto de un arrebato de cólera. Para efectos del grupo de amigas, él era *San Marcos* porque complacía a Mercedes en todo y toleraba todas sus excentricidades.

YLDEFONSO LÓPEZ

DÍA PARA SANAR HERIDAS

Aunque no lo había compartido con sus amigas, Juliana continuaba sumida en una profunda tristeza, pero decidió cumplir con lo que parecía ser la más complicada de las peticiones de Papabuelo. Luego de concertar una cita, se dirigió a su destino con una mezcla de sentimientos irreconciliables. Sentía mucho temor a su propia reacción al encuentro solicitado. Además, su corazón oscilaba entre el coraje por el abandono del que todavía se sentía víctima y la alegría de una reunión con la que soñó por mucho tiempo, antes de descartarla de forma definitiva hacía unos años.

De camino al punto de encuentro, no podía evitar el torrente de hermosos recuerdos que arropaba su mente. Eran muchos más de los que quería admitir y eso le molestaba, pues no quería presentarse ante su padre como si no hubiera ocurrido nada. El vacío que sintió por muchos años, al no entender cómo habían pasado del todo a la nada; de la omnipresencia a la súbita y absoluta ausencia, se agudizaba con cada feliz memoria. El viaje de solo quince minutos en coche se hizo muy largo por la esquizofrénica travesía mental por la que estaba pasando. En el corto trayecto sonrió, lloró y se molestó. No tenía forma de controlar sus emociones mixtas.

¿Qué debo esperar de él?, ¿cómo lo saludo?, ¿lo beso?, ¿lo abrazo?, ¿le extiendo la mano?, ¿debo llamarlo papá?, ¿de qué vamos a hablar?... Debí haber ido primero donde la tal Camila, como me pidió Papabuelo. Todas esas preguntas corrían por su cabeza a alta velocidad. Estaba verdaderamente aturdida.

Así, casi sin darse cuenta, llegó al área común de los restaurantes del centro comercial más grande de la ciudad, que fue el sitio escogido por su progenitor y que ella aceptó sin cuestionamientos.

Juliana se sentó en la mesa que su padre le había indicado; al parecer era asiduo del lugar. Miró a todos lados por diez minutos y comenzó a pensar que el encuentro no ocurriría. De repente, cuando ya había perdido la esperanza, un caballero muy bien acicalado y afeitado se acercó a ella.

–Hola, Julianita –le dijo en tono bajo– soy yo, Alejandro –dijo, con miedo a reclamar el título de padre después de tanto tiempo. Ella lo miró sorprendida, pues estaba esperando al señor de la barba espesa que había visto en la iglesia. Luego de leer la carta de Papabuelo, pensó que aquel podía haber sido su padre. Alejandro continuó hablando muy rápido, casi sin respirar. Claramente, estaba nervioso.

–Han pasado muchos años y necesitaría una vida entera para contarte y explicarte todo. Perdona la tardanza; por un momento me quedé congelado al verte y me dio pánico pensar en que te iba a hablar. Pensé que no tengo derecho a hacerlo, porque te he fallado y no tengo perdón de Dios, aunque sí tuve razones para lo que hice, que tú no conoces. Te he extrañado toda la vida y mil veces pensé buscarte, pero nunca me atreví por la vergüenza que me da haberte dejado tan pequeña y sin explicación. Además, hay cosas que no sabes y...

–Hola, papá –interrumpió Juliana. Luego de mirarlo fijamente por varios segundos, puso sus manos suavemente en las mejillas de un perplejo Alejandro Guevara, pues aquella cara, ahora liberada de los vellos blancos que días atrás la cubrían, le había permitido apreciar el rostro que tantas veces besó; la cara que tanto la hizo reír cuando niña. Solo unas arrugas acumuladas a través de los años y la piel algo flácida impedían que su padre luciera justamente igual que como lo recordaba, como detenido en el tiempo. Sin embargo, mientras él le habló, Juliana cerró por un momento los ojos y lo veía como en su niñez: guapo, feliz, ¡bello! y, acto seguido, lo abrazó fuertemente, sin contemplación. Juliana nunca pensó que reaccionaría así, ni quería hacerlo, pero decidió dejarse llevar por lo que su corazón le dictaba. Las lágrimas de ambos se fundieron y el abrazo no terminaba. Una vez entregados ambos el uno al otro, ninguno cedía una pulgada. Era como tratar de recuperar los años perdidos en un solo abrazo. Cuando finalmente se desprendieron, Juliana le dijo:

—Eras tú el de la iglesia, ¿verdad? El de la barba que salió llorando cuando apareció Papabuelo hablando. ¿Te afeitaste?

—Sí, Juliana, era yo. Me enteré de la muerte por la esquela y no podía faltar, aunque, al igual que hoy, tuve mucho miedo de presentarme allí. Pensé que no me habías reconocido. Hubiese querido que no me vieras como estaba aquel día.

—Escúchame, papá: tú y yo tenemos mucho que hablar, pero quiero que sepas que Papabuelo me contó lo de tu condición; lo sé todo. Aunque no me resuelve nada ni me hace recuperar los años que viví sin ti, al menos, me da una explicación que me permita ir reconstruyendo tu imagen. Ya no te veo como un monstruo cruel que abandonó a su hija a la que, supuestamente, amaba tanto. Y, aunque no estoy de acuerdo con tu estrategia, entiendo que lo hiciste porque pensabas que era lo mejor para mí y que, aunque suena contradictorio, lo hiciste por amor.

—Hija, yo...

–Papá, cuando llegué aquí, no sabía ni siquiera cómo saludarte y, mucho menos, cómo llamarte. Hace muchos años que no tengo a quien decirle *papá*. Sin embargo, al segundo de verte, sentí llamarte así. Te imaginarás que esto no significa que todo está bien y que seguiremos como si nada hubiese pasado. Esto me va a tomar tiempo, pero estoy dispuesta a comenzar a escribir juntos las páginas del libro del resto de nuestras vidas.

–Entiendo, Juliana, y estoy dispuesto a esperar lo que sea. Lo que no sé es si yo puedo darte lo que esperas de mí.

–¡Ah! Pero es que yo tengo una condición para todo esto, que no es negociable. Antes de que nosotros podamos intentar sanar nuestra relación, tú tienes que comprometerte conmigo a resolver tu situación de una vez y por todas. El alcoholismo no es algo que desaparece de tu vida, es algo que puedes controlar, pero te acompañará el resto de tus días; superarlo requiere mucha disciplina y, sobre todo, voluntad. Papá, no puedes querer bien a nadie, ni siquiera a mí, si no te quieres tú primero. Estoy dispuesta a pagar por un tratamiento serio y completo, que conlleva ingresarte en un lugar especializado, pero quien tiene que querer salir de esto eres tú. Llevas toda una vida sin tomar en serio tu enfermedad. ¡Ya está bueno! Estás a tiempo para cambiar. No importa tus errores del pasado. El pasado no te define; no es una cadena perpetua. Juliana pausó para observar la reacción de su padre y, con una mirada cargada de ternura y firmeza a la vez, lo retó–. ¿Qué me dices?

Alejandro miró a Juliana con ojos llorosos.

–Yo no sé si voy a poder hacer eso que me pides, pero por ti, estoy dispuesto a intentarlo y comprometerme. No quiero seguir siendo este borrachito funcional que tienes de frente. Quiero retomar mi vida y quiero ser útil.

–Por mí no, papá; no funciona así. Yo te lo agradezco, pero hasta que no estés claro de que tienes que hacerlo por ti y para ti, no va a funcionar. Además, tienes que darte cuenta de quién eres hoy, para poder decidir quién quieres ser mañana. ¿Estamos claros?

Alejandro asintió con la cabeza, avergonzado. Padre e hija estuvieron casi dos horas platicando, mientras Juliana le enseñaba fotos de Adriana, a quien Alejandro nunca había conocido. Finalizado el encuentro, acordaron verse en unos días y coordinar una visita para conocer a Adriana y, luego, su hospitalización. Se despidieron y quedaron con la sensación de haber avanzado a pasos agigantados y haber recuperado algo de la magia de su relación. Sin embargo, ambos sabían que era solo un comienzo y que faltaba un largo trecho por recorrer.

EL DÍA QUE PERDIERON EL JUICIO

Juliana decidió refugiarse en su trabajo para *darse terapia* ella misma y escapar de su compleja situación personal. Hacía un tiempo que no tenía que llevar a Adriana a la escuela; primero, porque el trabajo no se lo permitía y, segundo, porque ya Fabián había acabado el proyecto que le imposibilitaba llevarla a la escuela temprano. Extrañaba las conversaciones mañaneras con su hija, pero las circunstancias actuales le impedían continuar con esa rutina. Lo que sí le preocupaba era que no tenía oportunidad de compartir con ella, ni siquiera en las noches.

Un complicadísimo juicio por jurado la mantenía muy ocupada durante doce y hasta catorce horas diarias desde hacía dos semanas, incluyendo los sábados y domingos. Había mucha prueba documental y múltiples testigos que había que preparar bien, lo cual requería incontables reuniones con estos, además de sesiones estratégicas que parecían interminables. Juliana estaba agotada, pero satisfecha de la manera en que estaban encaminadas las cosas. Además, en días pasados habían presentado un escrito ante el tribunal que, si el juez lo consideraba favorablemente, podría poner punto final a la controversia sin necesidad de ir al juicio. Sin embargo, como eso era impredecible, había que seguir trabajando y preparándose como si no existiera tal posibilidad.

Esa misma tarde, Mario, su compañero de trabajo, quien dirigía junto a Juliana el equipo de cinco abogados que trabajaban en el caso, recibió una llamada inesperada de los abogados de la parte contraria, para poner sobre la mesa la posibilidad de llegar a un acuerdo mutuamente satisfactorio. Ese acercamiento fue interpretado por el equipo como una buena señal. Era obvio que el escrito presentado había puesto a pensar a los abogados de la parte contraria quienes, ante la posibilidad real de ver su caso hacerse sal y agua, decidieron sabiamente tirar un puente de comunicación que abriera la posibilidad de resolver el asunto fuera del tribunal. Luego de reunirse para evaluar la oferta presentada, que no era nada descabellada, hicieron lo que les correspondía hacer conforme a los cánones de ética que rigen la profesión de abogado: se comunicaron con su cliente para informar y discutir la misma. El cliente evaluó la oferta, pidió una opinión a sus abogados y dio los parámetros dentro de los cuales podía aceptar una transacción. Diseñada la estrategia de negociación, determinaron que sería Mario el encargado de reunirse con los abogados de la parte contraria para intentar llegar a un acuerdo, mientras Juliana permanecía con el resto del equipo y los testigos, preparándose como si nada hubiese pasado. No podían descansar en la posible transacción y arriesgarse a cercenar el itinerario de trabajo de cara al inicio del juicio en tan solo 48 horas. No podían darse el lujo de relajarse y perder la intensidad de la preparación.

Esa inyección de adrenalina era combustible para Juliana, quien había demostrado en el pasado que tenía una reserva de energía enorme para situaciones como esta. Litigar era lo que más disfrutaba de su profesión y no podía imaginar su práctica del derecho detrás de un escritorio, sin presentarse ante los tribunales de justicia.

Eran ya las diez de la noche y, como de costumbre, solo Juliana seguía en la oficina *cuadrando* el trabajo del día para tenerlo todo organizado y retomar los asuntos pendientes, la mañana siguiente. De repente, cuando ya estaba recogiendo para retirarse, se abrió la puerta de la oficina. Era Mario quien entró como un meteoro y gritó: «*¡Paren la prensa, paren la prensa! ¡Hay una noticia de última hora!*», imitando un periodista que acaba de llegar en el último segundo a la sala de redacción de un diario con la noticia más importante del día. De pronto, cuando vio que no tenía público, se detuvo. Cargaba una botella de champán en la mano y era evidente que ya había comenzado su celebración. No estaba ebrio, pero sí, como solía decir Juliana a sus amistades, estaba *sabrosito*.

Juliana, que estaba exhausta por el trabajo del día, levantó la mirada del escritorio.

–Mario, ¿qué te pasa?

–No haga más nada, licenciada –dijo Mario con un aire de altanería–. Acabo de transar el caso por una cantidad que es, al menos, 20 por ciento menor de la que nos había autorizado el cliente.

¿De verdad? –exclamó Juliana, al tiempo que brincó de la silla y lo abrazó fuertemente.

La noticia no solo representaba una gran victoria para la oficina, sino el final del maratón de horas y reuniones interminables, de dolores de cabeza insoportables y discusiones intensas; en fin, de un estrés incalculable. Por fin, podría volver a su horario regular y estar más tiempo con Adriana.

Justo cuando se soltaban del abrazo, Mario mantuvo su brazo derecho alrededor de la cintura de Juliana, sosteniéndola muy cerca de él. Ella comenzó a separarse cuando, inesperadamente, la besó en los labios mientras sostenía la botella de champán abierta, con la mano izquierda. Ella quedó petrificada; no reaccionó. En su interior, sabía que no era correcto lo ocurrido, pero no sintió coraje ni molestia, sencillamente se quedó quieta, como un poste. Mario colocó la botella sobre el escritorio. Agarró a Juliana delicadamente, pero con firmeza, y repitió la dosis; esta vez apasionadamente. Juliana seguía inmóvil y sin corresponder, pero sin poner resistencia alguna. Sus manos estaban arriba, en el aire, voluntariamente rendida ante aquella invasión a su cuerpo. Mario se separó un poco, pero sin soltarla. Le pasó la mano izquierda por su cabellera para sacarla del medio.

–Felicidades, Juliana, tremendo trabajo –y volvió a besarla.

Esta vez Juliana correspondió. Pasó sus brazos por encima de la cabeza de Mario, colocó sus manos sobre su nuca y se dejó envolver en un apasionado beso que no parecía terminar, hasta que Mario comenzó a pasar sus manos por su espalda y agarró fuertemente sus glúteos. En ese momento ambos apretaron el paso. Una lujuria desenfrenada se apoderó de la pareja, súbita y simultáneamente, como si el director de una película hubiese dado la señal para ello. Ambos ya sudaban, pues el calor de sus cuerpos, unido a la ausencia de aire acondicionado que ya estaba apagado a esa hora de la noche, así lo provocaba. Por un momento fugaz, Juliana pensó en Mercedes y aquella conversación que había tenido en su casa, la cual le había causado indignación. Por un momento, pensó en detener aquella locura, pero desistió de la idea. Decidió fluir, dejarse llevar por la pasión y simplemente, vivir el momento. Mario la levantó levemente para sentarla encima del escritorio y le desabotonó la blusa con gran torpeza, atribuible a la prisa y la desesperación. Nadie hablaba. Los jadeos de ambos se apoderaron de la oficina desierta, mientras los botones comenzaban a desprenderse con facilidad. Mario tomó la botella de champán y echó un poco sobre el pecho desnudo de Juliana.

Mientras Mario le arrancaba la blusa, Juliana tomó la iniciativa de volver a besarlo apasionadamente. Se separó de una vez y mirándolo fijamente a los ojos con una mirada seductora, mordió su labio inferior delicadamente mientras volvía a besarlo, sosteniendo su cara entre sus manos. Mario, sorprendido, le devolvió el favor mientras jugaba con sus pechos expuestos, ahora bañados en aquel champán. De repente, en una movida súbita e inesperada, le dio media vuelta a Juliana, quien quedó de espaldas a él, con las manos apoyadas en el escritorio. Mientras recorría lentamente toda su espalda con sus labios, Juliana sentía la piel erizarse. Pensaba equivocadamente que nunca había sentido esa sensación. Estaba en una nube. Se encogió de hombros para disfrutarse el momento y levantó sensualmente su torso. Mario tomó el gesto como una invitación a continuar su expedición y levantó la falda de Juliana hasta la espalda, mientras paseaba las palmas de sus manos por la parte exterior de cada muslo, desde la rodilla hasta la cintura. Luego de repetir la caricia, colocó sus dedos pulgares por cada lado de las bragas y, de un golpe, las bajó hasta los tobillos. Las piernas de Juliana temblaban. Mario comenzó a arrodillarse y continuaba bajando más allá de la espalda de su compañera de trabajo. El momento era intenso. Fue en ese preciso instante que Juliana salió de su trance y giró su cuerpo rápidamente colocándose frente por frente a Mario.

–No, no Mario, no. Esto no puede ser –dijo angustiada mientras Mario continuaba besando su cuerpo, ya arrodillado con la clara intención de devorar sus partes más íntimas.

–¡Para!... ¡para ahora!, –dijo sin éxito–. ¡Mario, detente ahora mismo te dije! –gritó mientras lo levantaba, agarrándolo por la cabeza.

–Pero, ¿qué te pasa Juli? ¿Cómo vas a decirme que pare ahora? –dijo Mario mientras sonreía confiado de que era solo una breve interrupción que pasaría pronto a la historia–. Tú me dices que pare, pero tu cuerpo me dice que siga.

–Atiéndeme Mario. No confundas una cosa con la otra. Sí, soy de carne y hueso. Por eso llegamos hasta aquí, pero no puedo seguir. Esto está mal de mil maneras y no hay forma de que termine bien. Por favor, entiéndeme y ayúdame. Vamos a dejarlo ahí.

–Juliana, yo te admiro, me encantas, tú sabes que estoy loco por ti, me muero por tenerte hace años.

Vamos a vivir el momento. Además, esto lo hace todo el mundo –dijo mientras perseguía los ahora evasivos labios de Juliana, quien lo empujó con fuerza para separar los cuerpos semidesnudos.

–Mario, lo que ocurre es que lo que está bien está bien, aunque nadie lo haga; y lo que está mal está mal, aunque lo haga todo el mundo. Y esto, está bien mal.

Juliana se compuso y se vistió rápidamente. Felicitó y agradeció a Mario nuevamente por su logro y se fue de la oficina con prisa, visiblemente impactada. El guardia del edificio, al verla, tuvo que preguntarle:

–Licenciada, ¿todo bien? Se ve como azorada.

–Todo bien, Carlitos, todo bien, gracias. Es que este caso nos tiene locos a todos.

–Ya veo, llevan semanas a este ritmo. Están saliendo muy tarde todos los días, particularmente usted. Lo bueno para mí es que, al menos, puedo verla más de lo usual. Nunca coincidimos en mi turno y ver a la abogada más bella del planeta a esta hora de la noche todos los días, por dos semanas consecutivas no está nada mal para mí.

–Carlos, no te pongas fresco que sabes que no me gusta. Te lo he dicho muchas veces.

–Perdone, licen –dijo el guardia sonrojado, consciente de su imprudencia y de las advertencias previas de Juliana–. Es que de verdad yo…

–Es que tú nada, Carlos, tranquilízate y economízate problemas innecesarios. Buenas noches –dijo Juliana con firmeza, mientras le lanzaba una mirada intimidante.

Al montarse en el coche se percató del fuerte olor a alcohol que tenía su cuerpo, especialmente su pecho, se avergonzó y se molestó consigo misma–. *¿Qué me pasó?, ¿cómo permití esto?* –pensó. Afortunadamente, debido a las largas horas de trabajo de las pasadas dos semanas, Juliana guardaba en su coche, lo que llamaba su *survival kit*. Tenía al menos dos blusas, un par de pantalones y una falda, además de perfume, desodorante, enjuague bucal y, por supuesto, como toda madre, un paquete de toallitas húmedas. Eso le permitió cambiarse de ropa y eliminar casi completamente el olor a champán que tenía encima.

Juliana sentía asco al recordar y recrear en su mente la escena con Mario. No era necesariamente por Mario, sino por lo que implicaba lo ocurrido. Se sentía sucia, decepcionada consigo misma y avergonzada. Pensaba que había violado una regla muy importante de su código de conducta y no había manera de borrar lo ocurrido. Estuvo flagelándose por su transgresión durante todo el camino de regreso a su casa.

Al llegar, encontró a Fabián en la habitación de Adriana, abrazado a ella, en su cama, con un libro en su costado. Se había quedado dormido mientras leía uno de los libros que, religiosamente, él y Juliana le leían todas las noches. Eso le dio a Juliana la oportunidad de meterse a la ducha y eliminar cualquier señal de lo ocurrido en la oficina.

En la ducha, el silencio de la noche le permitió recrear nuevamente la escena y no podía negar que se sintió algo excitada con el recuerdo. Mientras se duchaba, pasaba sus manos por los mismos lugares de su cuerpo que Mario había visitado minutos antes y sonreía con picardía, mientras su piel volvía a erizarse, como si estuviera repitiendo la hazaña. Súbitamente, se ruborizó y comenzó a frotar fuertemente aquel jabón contra su cuerpo, tratando de borrar todo rastro de aquel encuentro fugaz, pero intenso; intentaba arrancar de su piel las caricias de Mario, solo para volver a recordar, sorprendida, pero con algo de orgullo, su disposición a participar de aquella escena erótica que le rompió todos sus esquemas. Al mismo tiempo, el recuerdo le provocaba una vergüenza profunda y una desagradable sensación de haber traicionado su propia esencia. El sentimiento de culpa la arropó nuevamente y dejó de pensar en el asunto para poder salir de la ducha y acostarse a dormir.

Había decidido que esto era un secreto que moriría con ella y que era menester asegurarse de que Mario lo tuviera bien claro. Hablaría con él para que no hubiera dudas. Sin embargo, la conciencia la mataba y esa noche no pudo conciliar el sueño.

Pasaron varios días sin que Juliana pudiera descansar en las noches. Aunque durante el día sus compromisos profesionales mantenían su mente ocupada, en el silencio de la noche tan pronto cerraba los ojos, su mente, de manera automática, revivía su encuentro con Mario, una y otra vez. *Supongo que esto es parte de mi castigo* –pensaba.

En la tercera noche decidió hacer algo que consideraba que era casi peor que lo que había hecho con Mario: seducir a Fabián. Sí, él era un gran amante y se encargaría, sin saberlo, de liberar su cuerpo y su mente de las garras del recuerdo de su transgresión sexual. Pensaba que era algo abominable, pues utilizaría a su esposo para olvidar a otro hombre, al que no podía sacar de su cabeza. Sin embargo, estaba desesperada. Se quitó la ropa y se deslizó suavemente hasta colocarse encima de su esposo mientras lo besaba. Fabián abrió los ojos como si hubiera visto un fantasma.

–¿Qué es esto? ¿Qué te pasa Juliana?

–Cállate y hazme el amor como nunca –le susurró Juliana sin dejar duda sobre su deseo.

Fabián, quien hacía un tiempo venía sintiendo el frío glacial en aquella alcoba y había dejado de acercarse a su esposa, no puso peros a las insinuaciones de Juliana y procedió como muy bien sabía hacerlo, sin preguntar nada más, pero con una profunda incomodidad. Ambos quedaron muy complacidos y Juliana en ningún momento pensó en Mario durante el par de horas que estuvo haciendo el amor con Fabián.

A pesar del gran placer físico, Juliana continuaba sintiéndose vacía, deprimida y desgastada. Afortunadamente, había coordinado unos días de vacaciones luego de la intensa preparación para el juicio que se canceló, de modo que podía descansar a la vez que retomaba su rutina de ejercicios. De paso, pudo ponerse al día con Adriana, quien ya extrañaba a su madre a la hora de estudiar y de orar.

Para su sorpresa, ni las vacaciones, ni más tiempo con Adriana, ni los ahora frecuentes encuentros sexuales con Fabián, lograban devolverle su felicidad. Comenzó a automedicarse con ansiolíticos que obtenía de sus amigas; pues todas tomaban alguno –en especial Mercedes–, y procuraba beber al menos un par de copitas cada noche, para *relajarse*. Dormitaba muchas horas cuando se acostaba, pero no descansaba bien, como producto de la interacción de los medicamentos que nadie le había recetado, el alcohol y, ciertamente, la conciencia.

DOS MESES MÁS TARDE

Una noche en la que estaba melancólica mientras tomaba unas copas de su espumoso favorito mezclado con una de las pastillitas sin receta, Juliana abrió nuevamente la carta de Papabuelo y recordó que no había cumplido con la visita a su gran amiga, Camila. En vista de su estado de ánimo, decidió que era un buen momento para visitarla y, de paso, escapar de su rutina por un par de días. Después de todo, tenía una tremenda excusa para hacerlo sin que Fabián se molestara con ella, pues estaría complaciendo al adorado Papabuelo. Decidió visitar a la enigmática mujer, sin avisarle, teniendo en mente que, como él le había explicado, «*ella siempre está allí*». A duras penas logró hacer una reserva por dos noches en el resort, utilizando la página oficial en la Internet. Segundos después de recibir la confirmación de su reserva, cayó en el piso desmayada, producto del coctel de pastillas y espumoso que acababa de consumir. No fue hasta la madrugada, cuando, al notar su ausencia en la cama, Fabián se levantó y la encontró allí tirada.

–Juliana, Juliana, despierta. ¿Qué te pasó? –Juliana abrió los ojos lentamente y al ver a su esposo sonrió muy plácidamente.

Se despertó aturdida. Todavía estaba semiconsciente cuando registró el tono de desesperación en la voz de Fabián. Primero, escuchó la voz de su esposo como en un túnel, muy lejos. Luego, la sintió con toda su fuerza.

–Hola, mi amor –le dijo en un tono sensual y juguetón, totalmente inapropiado para el momento e inaceptable para un Fabián muy preocupado.

Fabián la levantó y la acomodó en el sofá. Estaba molesto, pero aliviado de que su esposa estaba viva. Al ver el sobre transparente con las pastillas, enfureció. En ese momento, entendió lo que estaba ocurriendo, pues su hallazgo junto a la copa de champán aún húmeda, delataban a Juliana. Fue en ese instante, que se percató de cuán real y profunda era la depresión de su esposa. Decidió no hablarle hasta que se repusiera; era inútil intentar tener una conversación en ese momento. La dejó dormir un rato y se excusó en su trabajo. Le pidió a Mercedes que llevara a Adriana a la escuela y fue a la cocina a preparar un caldo de pollo liviano para ayudar a Juliana a resucitar cuando finalmente se levantara.

Para su sorpresa, Juliana tardó dos horas en despertar y, cuando lo hizo, todavía parecía estar bajo los efectos del alcohol y las pastillas. La pareja tuvo una breve, pero intensa conversación, en la que Fabián le exigió que buscara ayuda profesional de inmediato. Para él, era obvio que Juliana había caído en un profundo abismo producto de una mezcla de varios factores, incluyendo la tristeza por la muerte de Papabuelo (la cual ella se negaba a admitir), el obvio deterioro de su relación matrimonial y, ahora, para colmo, el agravante que traía el abuso del alcohol y los medicamentos. Juliana admitió que necesitaba ayuda y se excusó con Fabián, pero le explicó su plan de visitar a Camila, sola. Aprovechándose de la carta de Papabuelo y del afecto de Fabián hacia este, logró convencerlo de que no se opusiera. No era un asunto de pedirle permiso, pues no tenía que hacerlo, pero dejarlo solo con Adriana un par de noches requería diálogo, más aún, a la luz del incidente tan reciente.

Acordaron que Juliana se iría al otro día si se recuperaba de su desmayo a satisfacción de Fabián. Esa noche Juliana no pudo leerle a Adriana, por lo cual se sintió miserable e irresponsable. Sin embargo, era necesario descansar para poder emprender el viaje en el que, finalmente, descubriría quién era la misteriosa Camila.

A la mañana siguiente, preparó a Adriana para ir a la escuela, sin demostrar el enorme dolor de cabeza que tenía. Se despidió de ella mientras Fabián la ayudaba a colocar su bulto escolar en el coche. Fabián tampoco fue a trabajar y, temprano en la tarde, Juliana se declaró lista para emprender su viaje al encuentro con Camila.

–Bueno Juliana, espero que esta misteriosa mujer, tan amiga de Papabuelo, te ayude a ver la luz y organizar tu mente porque, sinceramente, a mí se me está agotando la paciencia. Todavía no nos hemos sentado a hablar y, revolcándonos en la cama, no vamos a resolver este asunto.

–Yo pensaba que ya estabas más tranquilo, Fabián. ¿No te complazco?

–¿Ves? Definitivamente estás bien desenfocada. Este repentino interés tuyo de renovar la pasión en nuestro matrimonio me parece bien extraño. Yo, por supuesto, no te voy a decir que no; a mí me encanta, pero hay algo que no me cuadra en esa ecuación. Así que vete tranquila, pero acelera el paso porque estamos procrastinando el asunto de la conversación pendiente. Para colmo de males, estamos haciendo algo de lo que Papabuelo nos advirtió, al permitir que la pelota de nieve del tamaño de una bola de tenis, se convierta en una pelota de baloncesto y eso es peligroso.

Juliana no dijo más nada y le dio un beso a su esposo, quien lo recibió indiferente. Se montó en su coche, encendió el GPS de su teléfono móvil y arrancó hacia su destino. Según la información del satélite, le esperaban dos horas de viaje por la autopista y media hora adicional por una carretera rural montañosa muy angosta, antes de llegar al resort.

Durante la travesía, el silencio de la carretera, le permitía poner su cabeza a pensar en su vida, su matrimonio y su gran error, el cual no lograba perdonarse, a pesar de que había logrado borrar las escenas que aparecían en su mente –como fotografías instantáneas que corrían solas en un interminable *slide show*– durante los días posteriores al evento. Fabián había logrado eliminar esas imágenes, sin saberlo. Era el profundo sentimiento de culpa y tristeza lo que la seguía atormentando y la hundía en su depresión. Decidió encender la radio, pero el remedio resultó ser peor que la enfermedad. A cada canción le encontraba alguna parte de la letra que le recordaba su situación. En lugar de despejarse, la música le complicaba más los pensamientos. Lloró mucho durante el trayecto, sin restringirse. Como le había dicho su abuelo, las lágrimas tienen la facultad de limpiar el alma, son liberadoras. Cuando ya no le quedaba más ninguna, se detuvo en un pequeño negocio a la orilla de la carretera para componerse, comprar algo de beber e ir al baño. Sin darse cuenta, ya había recorrido más de la mitad del camino y solo le faltaban unos cuarenta y cinco minutos de viaje, los cuales fueron mucho más llevaderos porque el llanto la había aliviado y el área donde estaba era mucho más hermosa que el corazón de la ciudad, donde había comenzado su viaje.

Al entrar al tramo final, el panorama cambió totalmente. Ya no había vehículos transitando a extrema velocidad, ni camiones de carga gigantescos. Ahora la carretera era muy estrecha y apenas había espacio para dos coches a la vez. La temperatura bajó súbitamente unos ocho grados, debido a la espesura de las ramas de los árboles que arropaban la carretera de lado a lado. La brisa era fresca y la humedad provocaba que las hojas y flores que descansaban en el pavimento, luego de desprenderse de alguno de los árboles, estuvieran mojadas y resbaladizas, lo cual exigía precaución a todos los que por allí transitaban. Además, la aparición inesperada de peatones luego de alguna curva cerrada requería del conductor absoluta atención al camino.

A medida que subía la montaña, Juliana se sentía tranquila, serena. El cantar de los pájaros nativos de la zona, le daba a aquel cuadro bucólico un matiz distinto a otros que conocía. Nunca había estado en aquella área del país y estaba sorprendida por la belleza natural que le rodeaba. No podía creer que nunca había sacado el tiempo para visitar esa zona. Al llegar a lo más alto de la montaña, se quedó sin señal en su GPS, pero ya había unos letreros de madera que indicaban que faltaban solo minutos para llegar al destino esperado. Comenzó el descenso, no sin antes detenerse a disfrutar de aquella vista panorámica espectacular. Ya eran las seis de la tarde y se acercaba la hora crepuscular, lo cual, inevitablemente, le recordó a Papabuelo. Sonrió pensando en lo mucho que él se hubiese disfrutado lo que ella estaba viendo, para inmediatamente recordar que, probablemente, había disfrutado de ese espectáculo decenas, si no cientos de veces.

Ya podía apreciar la majestuosidad del resort desde el lugar donde se detuvo. Era obvio que la vista, la vegetación, el clima y la localización, lo hacían un lugar único. Estaba ubicado en la ladera de la montaña, un poco más abajo de la mitad, lo cual le permitía tener lo mejor de dos mundos: un bosque tropical espeso y florido, ubicado a escasos cinco minutos de una playa de arenas blancas y aguas cristalinas. Juliana nunca había visto nada parecido. No podía esperar más para estar allí, a pesar de que conocer a Camila le causaba algo de ansiedad. Se montó rápidamente en su coche, abrió las ventanas para apreciar mejor el paisaje y disfrutar de la brisa fresca, y prosiguió hacia el resort.

Al llegar, un joven la estaba esperando para tomar su vehículo y bajar su escaso equipaje. Ya en la recepción, una mujer de mediana edad le dio la bienvenida.

–Bienvenida al Magic Sunset Eco Boutique Hotel, Juliana. ¿Puedo llamarla Juliana, señora Guevara? –preguntó con amabilidad Claudia, quien era la gerente general del hotel.

–Eeeh, claro, claro –dijo Juliana sorprendida–. Perdón. Es que me tomó por sorpresa que sepan quién soy.

–Bueno, es que usted es la única persona que nos faltaba por registrarse hoy. Además, desde que Camila se enteró que vendría, no hace nada más que hablar de su abuelo y de cómo estaba esperando su visita. Ella tiene varias fotos suyas y nos las ha enseñado a todos.

–¡Oh! ¿Usted conoció a mi abuelo?, ¿cómo Camila sabe que estoy aquí?

–¡Cómo no, Juliana!, aquí todos conocimos a su abuelo y no fue hasta hace unos días que nos enteramos de que había fallecido. Lo lamento mucho. Era un ser especial. Espero que sepa eso. Camila no lo podía creer ni aceptar, pero cuando se enteró de su reserva, se resignó, pues sabía que si habías leído la carta de tu abuelo era porque había fallecido.

–Pero, ¿ustedes también saben de la carta? –dijo Juliana con un tono entre la molestia y la sorpresa.

–Ay, Juliana, esa carta la escribió en su última visita a este lugar –dijo Claudia–. Quiso venir a visitar a Camila por última vez, porque sabía que no le quedaba mucho tiempo de vida. Entiendo que se escapó del hogar con otros dos viejitos de lo más simpáticos, cuyos nombres ahora no recuerdo...

–¿Don Pancho y Arístides?

–Esos mismos... dos tremendos personajes, tengo que decirle.

–Estoy clarísima –dijo Juliana ya un poco más relajada y riendo ante las interminables aventuras de su abuelo. Temía que ese fin de semana iba a escuchar algunas historias que no conocía, lo cual le causaba cierto grado de preocupación, porque no entendía la relación entre Papabuelo y la tal Camila. Esa preocupación se agudizó al enterarse de que quiso verla antes de morir. *¿Quién era esa mujer?, ¿por qué parecía ser tan importante en la vida de mi abuelo?* Algo le decía que, para bien o para mal, pronto se enteraría.

En ese momento, una joven de piel bronceada, claramente, producto de su exposición a los rayos del sol, se acercó a Juliana.

–Acompáñeme, Juliana. Camila le espera para la puesta del sol. Quítese esos zapatos y póngase estas sandalias, por favor.

Caminaron unos metros hacia una planicie que parecía acabar en el horizonte. Allí se encontraba, sentada en una pequeña alfombra persa, una mujer sexagenaria, con un cutis admirable y una cabellera blanca, muy corta. Su belleza trascendía lo que imaginó Juliana que era su edad biológica. Su paz interior se reflejaba mágicamente en su aura. Era Camila quien, sin abrir los ojos dijo:

–Hola Juliana, llevo un tiempo esperándote. Ven, siéntate a mi lado. Pronto se pondrá el sol y vas a ser testigo de uno de los espectáculos más maravillosos de la naturaleza. Además, es gratuito y lo tenemos disponible todos los días, pero la mayoría de las personas no se dan cuenta. Era el momento favorito del día de tu abuelo Gonzalo.

Nuevamente, Juliana decidió fluir y dejarse llevar por aquella mujer que le extendía su mano pidiéndole que la acompañara a apreciar el atardecer mágico que ya se presentaba ante sus ojos. Era claro que conocía muy bien a Papabuelo. Al sentarse, pensó que, sin dudas, era el atardecer más majestuoso que había presenciado en su vida.

Sin embargo, las palabras de Camila la habían inquietado. Nadie llamaba a Papabuelo por su nombre de pila. La primera vez en muchos años que escuchó su nombre fue cuando el padre Antonio lo mencionó en el servicio y, ahora, esta mujer, de cuya existencia acababa de enterarse al leer la carta de su abuelo. Sin embargo, pese a la resistencia que tenía a aceptarlo, había algo en Camila que la desarmaba y le permitía removerse la coraza protectora con la que llegó. Aquella mujer inspiraba paz y confianza.

Al sentarse a su lado, se percató de que Camila tenía los ojos cerrados y respiraba rítmicamente con una leve sonrisa en su rostro, muy parecida a la que tenía Papabuelo pintada en el suyo el día que falleció.

–Medita conmigo, Juliana –dijo Camila en voz baja, mientras le indicaba con la mano dónde sentarse.

–¿Que medite? Yo no sé meditar. Eso es cosa de gente bien espiritual y vegetarianos que hacen yoga en los parques pasivos de la ciudad. Yo no tengo idea de cómo hacer eso –respondió Juliana, desconcertada ante la petición de Camila, quien comenzó a reírse a carcajadas y abrió los ojos para mirarla.

–Ay, Juliana, no me hagas reír. Eso que me dices es una preconcepción equivocada. La meditación no es nada muy complicado. Es algo que cualquiera puede y debe hacer diariamente, aunque sea por cinco minutos. No hay que hacerlo en un parque ni en un lugar como este. Lo importante es que estés en un espacio de silencio y libre de otras distracciones. Solo tienes que liberar tu mente de las cosas que te causan estrés en tu diario vivir, de modo que puedas calmarla y concentrarte en usar la imaginación para visualizar cómo quieres ser, cómo quieres que sea tu día o cómo quieres estar en determinadas circunstancias.

Juliana intentó hacerlo, pero el efecto fue totalmente contrario. A los pocos segundos de cerrar los ojos, las imágenes de Fabián, Adriana, Mario, Papabuelo, Mercedes, el tribunal y las reuniones pendientes, se metieron en su cabeza al mismo tiempo. Estuvo a punto de abandonar la idea, pero resistió la tentación y continuó haciendo un esfuerzo enorme por borrar aquello de su mente.

–Concéntrate en momentos felices con Papabuelo y Adriana, y no pienses en nada más. No permitas que nada más entre en tu cabeza –dijo suavemente Camila, sin moverse, como si le hubiera leído la mente a Juliana.

Pasados unos cinco minutos, Juliana sintió a Camila ponerse de pie. Abrió los ojos y la imitó. Entonces, sin mediar palabra, Camila se colocó de frente a ella y la abrazó dulcemente. Juliana se sintió incómoda en el momento, pero luego se dejó envolver en aquel manto de serenidad y reciprocó el abrazo, sin reservas. Era un abrazo poderoso. Sentía la energía de Camila transmitida por todo su cuerpo. El abrazo duró poco más de diez segundos y, cuando se separaron, Camila la tomó por las dos manos.

–Te amo –le dijo sonriendo tiernamente. Juliana no dijo nada, pero no podía entender cómo alguien, a quien no conocía, podía decirle que la amaba.

–Bienvenida al paraíso, Juliana Isabel. Llevo un tiempo esperando tu visita. Ya me estaba preguntando por qué no llegabas. Mi nombre es Camila, pero eso ya lo sabes –dijo riendo–. Fui una gran amiga de tu abuelo y lamento mucho su muerte, aunque te tengo que decir que él estaba completamente preparado para ella.

–Gracias, Camila. Me perdonas si me sientes distraída. Estoy un poco agobiada por todo esto y hasta confundida. Tengo muchas preguntas y, honestamente, estoy muy cansada del viaje. Quizás por eso el intento de meditación se me hizo tan difícil, aunque te tengo que admitir que desde que me concentré en momentos felices con Adriana y Papabuelo, el ejercicio cambió. No sé si medité, pero sí se me tranquilizó la cabecita.

–De eso se trata Juliana. La meditación no es difícil, pero hay que practicarla hasta que la domines. Empiezas con unos minutos hasta que llegas a periodos de tiempo más extensos. Lo importante es recargar tu mente y darle paz y tranquilidad para poder conectar tu alma y tu corazón con tu cerebro. Si lograste algo hoy, me sorprendes y me llenas de orgullo, porque no esperaba nada. Solo quise romper el hielo. Pero vamos a tu habitación, quiero que veas la vista espectacular que tienes hacia el lado este de la propiedad, antes de que se ponga muy oscuro.

Caminaron unos minutos hacia la habitación, mientras Camila aprovechaba el momento para explicarle a Juliana dónde estaba todo. Al llegar, Camila abrió las ventanas de madera y cristal para poder apreciar la vista. Juliana quedó perpleja. No podía creer cómo era posible que no supiera de la existencia de tanta belleza a solo dos horas de la ciudad. Sintió vergüenza de no haberse tomado el tiempo de conocer mejor a su país.

—Bueno Juliana, te dejo tranquila para que te bañes y disfrutes de una cena liviana que te traerán en unos minutos. Ya te preparamos la tina con esencia de lavanda para que te relajes, y aquí te dejo un té de camomila. Te recomiendo los disfrutes ambos. No hay prisa. Nos vemos mañana cuando salga el sol. Aquí no hay teléfonos ni televisión, así que estarás sola contigo misma y unos libros que me regaló tu abuelo hace algún tiempo. ¡Ah!, casi se me olvida. Por favor, entrégame tu teléfono móvil. No lo vas a necesitar —dijo Camila sonriendo.

Juliana por poco se desmaya al escuchar la solicitud de Camila, pero accedió, no sin antes pedirle que le permitiera llamar a Fabián y a Adriana para dejarles saber que estaría incomunicada durante las próximas 36 a 48 horas. Luego de hacerlo, le entregó el teléfono a Camila y, en una muestra de que quería tomar muy en serio el tiempo que estaría con ella en el resort, le entregó la tableta, que no le había pedido. Camila la recibió con beneplácito.

—Gracias Juli. ¿Puedo decirte *Juli*? Es que Gonzalo se refería a ti de esa manera y se me hace raro llamarte Juliana. Esto que vas a hacer lo llamamos un *ayuno de tecnología*. Entiendo perfectamente que estos aparatos son muy necesarios para personas como tú, por la naturaleza de tu profesión, pero es necesario aprender a separarte de ellos cuando no los vas a necesitar. Gracias por entregarme la tableta, que no sabía que habías traído...

me revela una actitud positiva de tu parte. Gracias por la confianza. Hasta mañana.

–Hasta mañana, Camila. Gracias a ti por recibirme. Ya me voy sintiendo más a gusto y espero con ansias el día de mañana.

Juliana tomó su baño, el té y su cena liviana. Ya se sentía más despejada. Luego de estudiar cada pulgada de su habitación, decidió echarle una mirada a los libros que Camila le había dejado sobre la mesa de noche. Grande fue su sorpresa al ver que todos tenían la misma dedicatoria: *A mi amada Camila. Porque los buenos amigos, los buenos libros y una conciencia tranquila hacen una vida perfecta. Con todo mi cariño, GONZO.*

Todos los libros tenían exactamente la misma dedicatoria. Solo cambiaba la fecha.

¿Amada?, ¿Gonzo?, ¿qué rayos es esto? –se preguntó Juliana, que nunca en su vida escuchó a alguien llamar *Gonzo* a Papabuelo y no entendía eso de *amada. ¿Qué relación tenía mi abuelo con esta persona y desde cuándo?* Decidió no darle más pensamiento al asunto y se acostó a dormir convencida de que al otro día aclararía sus dudas. Cerró los ojos y pensó en Adriana y Papabuelo y quedó profundamente dormida en cuestión de minutos, pues el largo viaje ya hacía efecto sobre su cuerpo.

A las 6:20 de la mañana se asomaron los primeros rayos de sol que levantaron a Juliana inmediatamente, porque no había cortinas que los bloquearan y, además, había dormido mucho más de lo que solía dormir en su vida cotidiana. Se sentía renovada, como si hubiese dormido por días, y entusiasmada, al recordar que se encontraría con Camila muy pronto. Se vistió con una ropa blanca de algodón egipcio, muy cómoda y liviana que le habían dejado encima de una silla y procedió a salir al café al aire libre del resort, según lo indicaba la nota de Camila, que halló sobre la mesa de noche. Desayunó muy bien y, al terminar, Claudia la fue a recoger para llevarla a lo más profundo del bosque tropical, donde le esperaba Camila.

–¿Durmió bien?, ¿descansó? –preguntó Claudia mientras la dirigía a una apartada cabaña donde vivía Camila.

–Descansé espectacularmente. Me siento nueva. Me voy a llevar esa cama para mi casa –dijo Juliana sonriente.

Llegaron al lugar indicado y Claudia se despidió. Juliana encontró a Camila sentada sobre una pequeña alfombra de bambú, acabando de hacer sus ejercicios de estiramiento mañaneros.

–¡Hoooola, Juli! ¿Descansaste?

–Oh, sí. Y muy bien, dicho sea de paso.

–Pues vamos a caminar por el bosque. La energía de la naturaleza verde me activa los sentidos y me da fuerza. Tengo muchas cosas que hablar contigo y me imagino que tienes preguntas para mí. ¿Prefieres el bosque o la playa? Aquí tenemos de los dos. La playa queda a cinco minutos en coche.

–Sabrás que prefiero la playa. Siento más la energía del mar, el sol, la arena y las olas rompiendo. Sin embargo, vamos a seguir por el bosque un rato, porque a mi abuelo también le gustaba mucho el verde de la naturaleza y veo que a ti también. ¡Qué casualidad! –dijo Juliana con un tono que revelaba algo de suspicacia y hasta cinismo–. Y hablando de eso, ¿me puedes decir cómo fue que ustedes se conocieron? Tengo que confesar que eso me tiene intrigada desde que leí la carta.

–Te entiendo perfectamente, Juli. Pues, como sabes, tu abuelo y yo nos conocimos cuando él visitó el resort después de la muerte de tu abuela.

–¿Cómo sabes que yo sé eso? –preguntó Juliana preocupada.

–Porque la carta en donde te enteraste de eso la escribió aquí, Juliana. En su última visita, hace unos dos años, tu abuelo me habló de su enfermedad y me pidió que no compartiera la información con nadie porque no quería que lo estigmatizaran y, mucho menos, que le cogieran pena. Además, como un gran caballero que siempre fue, me pidió autorización para decirte en la carta que vinieras a visitarme. Yo, por supuesto, le dije que sí, porque no había nada que pudiera negarle a ese hombre tan maravilloso.

–Entiendo –dijo Juliana–. Pero, ¿qué tipo de relación tenían ustedes? Eres como veinte años menor que él –dijo Juliana mientras contemplaba la belleza natural impresionante de aquella mujer, que debía tener unos 65 años. Claramente, su paz interior se reflejaba en su rostro y la hacía lucir hermosa y juvenil, aún a su edad.

–Empiezo por aclararte algo que me parece te está torturando: Gonzo y yo solo fuimos grandes amigos y nada más. Nunca hubo un interés romántico de su parte, aunque debo confesarte que yo sí me enamoré sin que él lo supiera. Nunca se lo dije para evitar dañar nuestra amistad. Estaba clara de que él no quería nada más conmigo.

–Ok. Y, ¿qué es eso de Gonzo? Jamás escuché a nadie decirle así.

–¡Aaah! ¡Ja, ja, ja!... ese fue el apodo que le puse una vez que vino al resort con una boina y un pañuelito en el cuello y parecía un artista de cine. Le dije en son de broma, que necesitaba un nombre más corto y universal para mercadear su imagen, y le puse Gonzo. Lo mejor fue que él lo adoptó felizmente.

–Ya lo vi en la dedicatoria de los libros y, honestamente, me tenía intrigada. Por otro lado, qué bueno saber la naturaleza de su relación porque no podía creer que iba a conocer a una novia o amante de mi abuelo de la cual no sabía su existencia y, para colmo, que él mismo me pidiera, después de muerto, que viniera a visitarla.

Ambas rieron de las ocurrencias del abuelo. La coraza invisible que había levantado Juliana seguía desvaneciéndose. De repente, sintió un gran alivio que le permitió acercarse a Camila sin barreras mentales.

–Pues, déjame contarte de mí, porque te imaginarás que yo sé casi todo de ti; desde tus victorias en los tribunales, hasta tu matrimonio y tu hija, Adriana, que para tu abuelo era como tenerte otra vez de pequeña. Ese hombre era pasión y locura con esa niña.

–Así es, eran almas gemelas –interrumpió Juliana–. Pero cuéntame, ¿cómo llegaste aquí, Camila? ¿Qué haces en este pedazo de paraíso?

–Pues, de la manera más increíble posible. Soy endocrinóloga pediátrica de profesión y trabajé muchos años en los hospitales más prestigiosos de varias ciudades de Suramérica y en los Estados Unidos. Además, fui miembro de algunas juntas de directores y, a pesar de la oposición de algunas personas, fui directora médica de un hospital por tres años. Sin embargo, lo que siempre me gustó hacer fue atender a mis pacientitos. La parte administrativa es un mal necesario.

–¡Wow!, no sabía esos detalles. Ahora quiero saber aún más cómo llegaste a ser *bartender* de un eco resort.

–Resulta que luego de muchos años ejerciendo mi profesión, me cansé de todo, principalmente, porque me desilusioné con las personas y, en particular, con las mujeres.

–Pero, ¿por qué las mujeres?

–¡Qué bueno que preguntas por qué! Precisamente, hablando de estos temas fue que tu abuelo y yo conectamos desde la primera vez que nos vimos, cuando los dos éramos huéspedes. Juliana, todavía en el siglo XXI, este es un mundo dominado por hombres. Eso a tu abuelo le enfermaba; se lo comía por dentro. Decía, con razón, que a pesar de ser más inteligentes y capaces, las mujeres no se han quedado con el mundo, entre otras razones, porque entre ellas mismas se hacen daño, no se apoyan y se boicotean; todo, por culpa de la envidia. Estaba convencido de que el peor enemigo de una mujer es otra mujer. Yo, lamentablemente, tengo que coincidir con su apreciación.

–¿Sabes qué?, ahora que lo mencionas, yo también he vivido algo de eso en mi profesión. Pienso que muchas mujeres abogadas me odian. Y estoy convencida de que es así, porque he sido exitosa en un mundo en el que todavía los hombres dominan. Aborrezco ver la forma en que nos miramos y nos estudiamos desde la punta de la cabeza hasta los pies. ¡Qué ridiculez! ¿Tú crees que a los hombres les importa un bledo lo que tiene puesto el otro ese día, o de cuál diseñador es la corbata que tiene puesta el abogado contrario? Siempre recuerdo una ocasión en que Fabián, luego de yo hacerle un comentario sobre los zapatos de una mujer increíblemente bella que conocimos en una gala, me preguntó cínicamente: «¡Ah!, ¿tenía zapatos?» –pausó para reír. Pues tengo que admitirte que, con base en mi propia experiencia, estoy totalmente de acuerdo con lo que dices y con Papabuelo: el primer y peor enemigo de una mujer puede ser otra mujer, ¡parece mentira!

–Mira Juliana, no es imaginación. En el libro *"The Confidence Code"* dice que en los Estados Unidos hay más mujeres que hombres con grados universitarios y que para el 2018, las mujeres casadas ganarían más dinero que sus esposos, al menos en los Estados Unidos.

–Fíjate –interrumpió Juliana–, en mi profesión, la mayoría de los estudiantes de la escuela de derecho son mujeres y también tienen los mejores promedios académicos. Definitivamente, en el campo de las leyes, desde hace varios años, las mujeres son más y están mejor preparadas académicamente que los hombres.

–Pues, ya se está materializando esa predicción. Y, sin embargo, las autoras en el libro indican que los hombres, en términos generales, suelen tener más confianza y tener más seguridad en sí mismos que las mujeres. También hablan del efecto Dunning-Kruger, que es la tendencia de algunas personas de sobrestimar sustancialmente sus habilidades; mientras menos competentes son, más las sobrestiman. Incluso, hay estudios de la Universidad de Columbia, que señalan que los hombres, generalmente, evalúan su desempeño alrededor de 30% más de lo que verdaderamente es. Y en eso, los hombres son expertos. Para rematar, los estudios también indican que el éxito se correlaciona más con la confianza que con la competencia. Eso es un gran problema para el desarrollo de la mujer en el lugar de trabajo, porque, según las autoras del libro, otro estudio que se hizo en Hewlett-Packard reveló que las mujeres solicitaban ascensos solo cuando estaban 100% seguras de que cualificaban para el mismo. Sin embargo, los hombres lo hacían con solo pensar que podían cumplir con el 60% de los requisitos. En otras palabras, nosotras nos sentimos confiadas solo cuando pensamos que estamos perfectas. ¡Qué mucho tenemos que aprender de los hombres, Juli! –Juliana la escuchaba con mucha atención mientras procesaba la información. Estaba impresionada con el conocimiento de Camila–. Mira, hay una cita que se le atribuye a Madeleine Albright, la primera mujer nombrada secretaria de estado de los Estados Unidos, que me encanta: «*Hay un lugar especial en el Infierno para las mujeres que no ayudan ni apoyan a las otras*».

–Esos estudios me dan coraje porque confirman la teoría de que, en gran medida, es culpa de nosotras mismas el estar donde estamos, como ciudadanas de segunda clase, al menos en el plano profesional –comentó Juliana.

–Tienes toda la razón. Ahora añádele un ingrediente adicional a la mezcla; las mujeres somos medidas con una vara distinta a los hombres y con unos estándares más elevados y confusos. Te explico con un ejemplo bien sencillo: si una mujer es muy callada, delicada y sumisa en su trabajo, le van a decir que es muy pasiva, tímida; que no expresa lo que piensa y no tiene madera de líder. Ahora, si se expresa con firmeza y seguridad, muestra iniciativa, opina y ofrece alternativas, entonces es una mujer muy agresiva y poco femenina, que trata de imponerse y es hasta castrante. Eso está mal, bien mal. En gran parte por todo esto me fui; me escapé de mi vida y vine acá a quedarme como *bartender* en el resort. Además, gané buen dinero practicando mi profesión, ahorré sistemáticamente y también enviudé muy joven, y mi esposo me dejó lo suficiente para estar cómoda durante mis primeros años de viudez. Tan pronto pude, decidí dejarlo todo y dedicarme a viajar. Visité muchos países europeos y casi toda Suramérica, antes de regresar acá.

–Y, ¿por qué *bartender*?

–Pues mira, más que *bartender* soy mixóloga, que es como que un paso más avanzado. No me dedico a servir vodka o ron mezclados con jugos naturales o refrescos;

tampoco ginebra con tónica y otros tragos similares; eso no es un reto y no es nada divertido. Tomé varios cursos en mixología para entender bien las propiedades de los espíritus destilados y con qué mezclan mejor. Eso incluye jugos, siropes, frutas, hierbas y los llamados amargos de muchos tipos, los cuales aprendí a preparar.

–Pero, Camila, ¿tanta cosa para ser *bartender?* Digo, con todo el respeto, pero eres toda una doctora.

–Mira, Juliana, tú más que nadie debe saber que si vas a hacer algo, lo haces bien o no lo haces. Robin Sharma, dice en sus libros, y lo repite, que no importa lo que hagas tienes que aspirar a ser el mejor en tu oficio. Por eso, me preparé para regalar experiencias; no tragos. En cada trago pongo lo mejor de mí, de mi imaginación, de mi alma. Tardo mucho en preparar cada trago porque cada uno es distinto. Siempre trato de mezclar como Picasso pintaba, como Miguel Ángel esculpía y como Pavarotti cantaba. Pero, además, tienes que entender que los *bartenders* somos psicólogos detrás de una barra. He tenido la oportunidad de conocer y compartir con tantas personas de profesiones y experiencias de vida tan diversas, que estoy convencida de que he aprendido más sobre los seres humanos, detrás de la barra que lo que aprendí en la universidad. Yo quiero que, si me voy de este lugar, los clientes pregunten adónde me fui y me busquen por la excelencia de mi servicio. Pienso que, si todo el mundo tuviera esta filosofía, hagan lo que hagan, por sencillo que sea el trabajo, el mundo sería distinto. ¿No crees?

–¡Ay, Camila, se nota que eres amiga de Papabuelo! Eso mismo pensaría él.

–¡Ja! Lo dices y no lo sabes. Tu abuelo y yo hablamos tanto de este y otros mil temas que podríamos escribir varios libros.

Así pasaron la mañana entre las espesas veredas verdes del resort. Juliana sentía cómo la energía de la que hablaba Camila iba apoderándose de ella. Observaba cómo aquella mujer caminaba descalza por la tierra siempre húmeda del bosque tropical y, ocasionalmente, agarraba tierra del piso, la frotaba entre sus manos y la olía, para luego devolverla a su lugar.

–Es la Pachamama –decía, al ver a Juliana observándola como si estuviera loca, refiriéndose a la deidad femenina que, de acuerdo con los quechuas, produce y engendra. Para los indios de la región de los Andes es la madre de los cerros que madura los frutos y multiplica el ganado. Es la diosa que hace posible la vida y promueve la fertilidad. Esto lo había aprendido Camila en su visita al Perú, cuando cumplió sus cincuenta años, que fue uno de sus múltiples viajes previo a su aterrizaje definitivo en el resort.

Se detuvieron en otro lugar, un poco más elevado que la cabaña de Camila, nuevamente de frente a la puesta del sol. Camila abrió los brazos y parecía absorber toda la energía del sol con cada respiración. Juliana la observaba, queriendo lograr ese estado de comunión con el universo. Cenaron y acordaron encontrarse temprano al día siguiente para pasarlo en la playa, y así complacer la preferencia de Juliana.

—Hasta mañana, Camila, y gracias por este día tan maravilloso. Perdona si me sentiste a la defensiva desde que llegué, pero...

—No tengo nada que perdonar, Juli —interrumpió Camila—. Me alegra que hayas accedido a reunirte con una total desconocida y que hayamos podido aclarar varias cosas y hablar de temas tan interesantes. Descansa, que hay que aprovechar la mañana, porque en la tarde va a llover, según el pronóstico del tiempo.

Al día siguiente, el pronóstico del tiempo se equivocó nuevamente, como solía ocurrir con frecuencia en el área del bosque tropical. La lluvia se adelantó, pero eso no impidió el encuentro de Camila y Juliana. Al contrario, Camila sacó a Juliana de la cama justo antes de que saliera el sol para llevarla, bajo la tenue pero persistente lluvia, al lado este a presenciar el amanecer. Cuando Juliana pensaba que ya había visto lo más bello que podía ofrecer la naturaleza, Camila le presentó un amanecer hermoso, bajo la lluvia y, para coronar el espectáculo, un arcoíris completo.

—No puedo creer que estamos aquí paradas mojándonos —dijo Juliana.

—Qué interesante que me digas esto porque pienso que es uno de los problemas grandes que tiene mucha gente. Fíjate que el sol sale, aunque esté lloviendo y hace su mayor esfuerzo por completar su misión, todos los días. De eso tenemos que aprender nosotras; Juli, tenemos que aprender a bailar bajo la lluvia, en lugar de quedarnos esperando a que pase el aguacero. ¿Eres feliz, Juli? —preguntó inesperadamente Camila.

—Eeeeeeh, pues la pregunta me toma por sorpresa...

—Si no me puedes contestar en tres segundos, la respuesta es que no.

—Bueno, lo que pasa es que uno busca la felicidad todo el tiempo, pero no parece estar ahí.

—Quizás ese es el primer error. En lugar de estar en la eterna búsqueda de la felicidad, debes buscar la manera de vivir intencionalmente, con dirección; debes asegurarte de que vives una vida con sentido, con un significado. Pienso que esa búsqueda de la felicidad durante toda nuestra vida es el primer obstáculo para ser feliz. Verás, la felicidad no es un lugar al que un día llegaremos, no es un destino... —Camila pausó y reflexionó por un momento—. En realidad, es una manera de viajar por la vida. Ahora recuerdo un proverbio que dice que

«No existe la felicidad, solo existen momentos de felicidad», y es que la felicidad no se trata de tener todo lo que quieres; sino de apreciar lo que tienes. De hecho, hay un profesor de la Universidad de Harvard, que la compara con un control remoto; dice que la perdemos a cada rato, nos volvemos locos buscándola y, muchas veces, sin saberlo, estamos sentados encima de ella. Ese profesor se llama Ben Schahar. Pero, en esencia, tener una vida feliz no significa que vas a ser feliz en cada momento de todos los días de tu vida. Para ser verdaderamente feliz, tienes que aprender a disfrutar el presente, sin crearte una ansiedad por el futuro... Juli, mucha gente nunca encuentra la felicidad, no porque nunca la encontraron, sino porque nunca se detuvieron a disfrutarla. La felicidad está dentro de ti, de tu mente, de tu corazón; no depende de ningún factor externo.

Juliana estaba embelesada. La sabiduría de Camila le parecía muy lógica y, al mismo tiempo, práctica. Sentía que podía aplicarla fácilmente a su vida cotidiana. De repente, un relámpago interrumpió su trance momentáneo y pudo escuchar la voz de Camila, quien le gritaba emocionada:

—Ven, baila conmigo bajo la lluvia. ¿Hace cuánto tiempo que no haces eso?

Sin pensarlo, Juliana se unió a la danza descontrolada de Camila, quien reía sin restricciones mientras extendía sus brazos y abría la boca para capturar el agua que caía. Juliana no recordaba haber hecho eso desde niña. Era una experiencia liberadora que la llenaba de una alegría plena.

–¡Sigue, Juli, sigue! –exclamaba Camila mientras reía a carcajadas. Al terminar lo que parecía un ritual indígena, ambas buscaron toallas para secarse y desayunar.

–Jamás pensé que terminaría haciendo esta locura. Me siento nueva, con ganas de comerme el mundo.

–Me alegra escuchar eso, Juliana, porque yo no estoy muy segura de que tú eres feliz con tu vida ahora mismo. ¿Tienes algo que compartir conmigo? Oye, solo si quieres, no tienes que decirme nada.

–Me asustas, Camila, ya van varias ocasiones en que me has dicho cosas que me dan la impresión de que estás leyendo mi mente. Tienes razón, no puedo decir que soy feliz hoy día; no estoy feliz en lo personal ni en lo profesional, pero no sé qué me pasa, particularmente en lo personal. Tengo una familia divina y el otro día…

Juliana pausó porque se dio cuenta de que estaba hablando demasiado. No quería desnudar su alma ante Camila, pero algo le decía que podía hacerlo y que, incluso, podría ser algo positivo. Después de todo, era la persona de confianza de Papabuelo. Luego de pensarlo por unos instantes, decidió vaciarse. Le contó todo lo que le estaba pasando a Camila, quien escuchaba muy atenta y en silencio absoluto. Al terminar, Juliana se quedó mirándola, mientras Camila permanecía sentada en silencio y le regalaba una sonrisa empática.

–¿No me vas a decir nada? –preguntó Juliana un poco confundida con el silencio de Camila.

–Solo si tú quieres, Juli. No te he dicho nada, porque te estoy escuchando activamente.

–Pues sí, quiero. Necesito todos los consejos que me puedas dar porque estoy completamente perdida.

Estuvieron el resto del día conversando y ya al final de la plática, Camila le dijo a Juliana:

–Lo importante es que seas genuina y honesta contigo misma. No permitas que las creencias o criterios de otras personas contaminen tus pensamientos y decisiones. Solo así podrás ser dueña de tu propio destino. Déjame tratar de explicarte con una pregunta... ¿dirías que tu casa, tu hogar, es un lugar sagrado para ti y tu familia?

–Definitivamente. Una vez entro a mi casa en las tardes o en la noche, luego de un día largo de trabajo, me siento tranquila y segura; y me molesta que me interrumpan la rutina o me visiten sin avisar, sea quien sea.

–Perfecto. Aquí quería llevarte. Supongo que eso significa que no dejas entrar a cualquiera. Mucho menos, si a lo que viene es a cambiarte las cosas de orden y robarte la tranquilidad.

–¡Claro que no! –exclamó Juliana con intensidad.

–Pues así mismo debes hacer con tu mente y tu cerebro. Asegúrate de que solo entre quien hayas decidido invitar. Juliana, tú hiciste muchos sacrificios y pasaste mucho trabajo para llegar adonde estás. No eches eso a perder. Si sigues caminando sin saber a dónde vas, terminarás en el lugar equivocado. No te limites meramente a aceptar tu vida; dirígela. Asegúrate de que sea el producto de tus decisiones y tus acciones.

–La verdad es que me parece que estoy hablando con Papabuelo.

–Me halagas, Juli. Gonzalo era brillante y tenía un gran sentido de humanidad. Por eso estoy segura de que él estaría de acuerdo conmigo cuando te digo que no te preocupes tanto por el futuro. Disfruta el presente, que el proceso te enseñará todo lo que necesitas saber. Algún día te darás cuenta de que la vida no te exige tanto como tú te exiges a ti misma; solo te pide que seas feliz... ¡Ah!, casi se me olvida: deja de castigarte por tu desliz, eso es solo cosa de humanos. Tú misma me dijiste que le señalaste a tu padre que el pasado no nos define, que solo es una lección y no una cadena perpetua. Aplícate el cuento. Déjalo ir. No puedes agarrar el futuro mientras te aferras al pasado con las dos manos. Habla con Fabián, Juliana. Pasará lo que tenga que pasar, pero la verdad te liberará. Cómo será tu vida de aquí en adelante, depende exclusivamente de ti.

Recuerda que la misma agua que hirviendo ablanda una papa, endurece un huevo. En otras palabras, se trata de qué estás hecha y no de tus circunstancias.

Juliana fue a su habitación a recoger sus cosas. Dio un último vistazo a su alrededor en un intento de dejar grabado en su mente aquel lugar tan único y salió a despedirse. Antes de salir a buscar a Camila, se percató de que en la mesa de noche habían colocado la factura por la estadía. Para su sorpresa, el documento decía: «CERO CARGOS: Pagado por Gonzalo Guevara». Juliana no pudo hacer otra cosa que sonreír.

–Adiós, Camila. Muchas gracias por todo –dijo Juliana en tono melancólico mientras abría los brazos para abrazar a su nueva amiga.

–No tienes nada de que agradecerme... y deja el drama que ahora no tienes excusa para no visitarme. Estás a menos de tres horas de mí y puedes regresar cuando quieras. Buen viaje. Espero verte pronto.

Juliana caminó hacia el auto que la estaba esperando con su escaso equipaje, listo para salir. Al montarse, sonrió y comenzó su viaje de regreso. Le daba la sensación de que llevaba meses en aquel resort y estaba muy complacida con su decisión de visitar a Camila, sobre todo, en el momento por el que estaba atravesando. Tenía muchas cosas sobre las cuales reflexionar y muchas decisiones que tomar. Decidió que ese proceso empezaría en el viaje de vuelta a su hogar. De repente, Juliana tenía un gran sentido de urgencia y esas casi tres horas no podían ser desperdiciadas. Un torrente de ideas y pensamientos se apoderaron de su mente durante el viaje. Estaba totalmente enfocada. Las ideas sobre lo que sentía que debía ser el resto de su vida fluían libremente durante el trayecto, el cual alargó a propósito, reduciendo la velocidad y disfrutando más el paisaje. Mientras, grababa en su teléfono móvil las ideas que venían a su mente. Poco a poco, fue organizando sus pensamientos, estableciendo prioridades y diseñando un plan de acción bien específico. Sentía que su vida había retomado el rumbo. Por primera vez desde la muerte de su abuelo, se sentía en control de sus emociones, sus pensamientos y su destino.

Era obvio que las filosofías de vida de Camila y Papabuelo eran muy similares y tenían todo el sentido del mundo. Estaba determinada a convertirse en la arquitecta de su futuro; a asumir las responsabilidades de la CEO de lo que se le ocurrió llamar "Juliana Guevara, Inc.", refiriéndose a ella misma y al resto de su vida. Poco a poco fue asimilando lo que le dijo Camila sobre su encuentro fugaz con Mario. Tenía que dejar ir el evento, perdonarse ella misma y entender que si seguía enfocándose en el dolor y la vergüenza que le causaba, seguiría sufriendo, en lugar de aprender y crecer enfocándose en la lección. Decidió no decirle nada a Fabián, después de todo, no había pasado gran cosa. Se convenció a sí misma de que era algo que podía manejar sola, sin tener que pasar por el trago amargo de discutirlo con su esposo, a quien amaba profundamente, y a quien no quería causarle dolor innecesariamente, sin hablar del temor a su reacción. Bastante tenía ya con el incidente del desmayo por el alcohol y las pastillas. No quería perderlo por una estupidez que ya había resuelto.

Luego de dos horas de viaje, Juliana sintió que ya su plan de acción estaba claro y aceleró el paso. De repente quería llegar a su casa y empezar a trabajar en él. Lo único que todavía le rompía la cabeza, era el no entender por qué razón no estaba feliz con su vida que, viéndola desde fuera, parecía casi perfecta. Esa respuesta la evadía y la torturaba.

———— •∞• ————

Finalmente, llegó a su hogar, solo para encontrarlo vacío. Había un silencio atípico. Sin darse cuenta, Juliana buscaba el sonido de la risa traviesa de su hija, el sonido de la pelota de fútbol al chocar con la pared o, al menos, el sonido de los juegos electrónicos a los que Adriana dedicaba más tiempo del que Juliana quisiera. Comenzó a registrar cada esquina de la residencia llamándolos a los dos: *¡Fabián... Adriana...!*; fue al pequeño salón de juegos donde, además, estaban todas las muñecas de Adriana; allí solo encontró un orden perfecto; no había el usual reguero que solía dejar su hija al terminar de jugar cada día; *¡Fabián... Adriana...!*, continuaba gritando cada vez más alto, sin obtener respuesta; solo un leve eco le contestó cuando gritó hacia el pasillo; su ansiedad comenzaba a escalar; salió entonces al patio, donde Fabián y Adriana solían salir a practicar el fútbol cuando no había juegos ni prácticas; nuevamente, ni rastro de su familia; ya desesperada, entró otra vez a la residencia y comenzó a abrir abruptamente y, una por una, cada puerta que se encontraba en su camino; sus latidos se aceleraban en la misma proporción en que aumentaba su frustración; *¡Fabián... Adriana...!*; llegó a las habitaciones; no había señales de su hija ni de su esposo. Juliana perdió el control de sí misma, asediada por su propia desesperación: *¡¡FABIÁN ME ABANDONÓ Y SE LLEVÓ A ADRIANA!!*

Al entrar nuevamente a su habitación, encontró una nota que Fabián había dejado sobre la cama matrimonial: «*Nos fuimos de escapada. Yo también tengo mucho que pensar y decisiones que tomar. Nos vemos en par de días. Por favor, no nos llames. Te quiero. Fabián*». Juliana quedó desconcertada, pero se percató de que no podía juzgar y, mucho menos, criticar o molestarse con Fabián. Después de todo, ella acababa de hacer lo mismo, pero sin Adriana. Sin embargo, esa frase «*yo también tengo mucho que pensar y decisiones que tomar*», la dejó pensativa. Era el turno de Fabián. ¿Estaba haciendo esto con el propósito de enviarle un mensaje? ¿Acaso era una especie de venganza?

Juliana pensó que el mundo, según ella lo conocía, se le derrumbaba encima, sin previo aviso. La idea de perder a Fabián y a Adriana la arrastró nuevamente hacia el precipicio. Resistió la urgencia de abrir una botella de espumoso y, luego de pensarlo, se dio cuenta de que, en realidad, no tenía razón para estar sorprendida. Fabián llevaba tiempo tratando de sentarse a hablar con ella, sin éxito. Era obvio que estaba preocupado por su actitud. Lo justo era entenderlo y darle espacio. Era lo menos que podía hacer con el hombre que amaba y que se había mostrado enteramente solidario en todo momento. Decidió respetar la petición de Fabián y no intentar comunicarse con ninguno de los dos, aunque estaba desesperada por hacerlo; sentía que regresaba súbitamente al agujero oscuro del cual pensaba que acababa de salir para siempre. Esto trastocaba su nuevo plan de vida.

UN DÍA QUE CAMBIÓ LA VIDA

A pesar de que todavía no tenía que hacerlo, regresó a la oficina para retomar los asuntos pendientes y organizarse. Luego de un rato trabajando con mucho entusiasmo, Mario tocó a su puerta. Con un tono de galán seductor, entró a la oficina.

–Hola, mi amor. Ya te extrañaba –mientras se acercaba a Juliana, quien estaba de espaldas a la puerta buscando unos expedientes en el archivo.

Cuando Juliana sintió las manos de Mario tomándola por la cintura, se viró rápidamente y le pidió en tono firme que se detuviera. Mario la ignoró e intentó besarla. En ese momento, Juliana dio un paso atrás y, sin pensarlo dos veces, le propinó una fuerte bofetada en la mejilla izquierda. Mario quedó mudo y colocó su mano izquierda justo en el lugar del golpe mientras miraba a Juliana incrédulo.

–Mario, te dije claramente que este tipo de conducta estaba mal y que no iba a ocurrir nuevamente. No es no. Yo sé que los hombres no entienden, pero si vuelves a acercarte a mí o hacerme un comentario de esta índole, voy a presentar una querella de hostigamiento sexual en tu contra y vas a perder el trabajo.

–¿En serio? –ripostó Mario en tono desafiante–. Y, ¿qué va a pasar cuando yo cuente lo que pasó en esta misma oficina?, ¿qué crees que van a decir cuando diga, bajo juramento, que la gran Juliana Guevara y yo comenzamos una celebración muy particular, a altas horas de la noche y que poco faltó para que hiciéramos el amor en el escritorio?, ¿cómo crees que vas a quedar parada?, ¿lo vas a negar? Y, mejor aún, ¿cómo le va a caer el cuento a tu esposito Fabián El Bello, el perfecto, el objeto del deseo de todas las mujeres?

La furia que sintió Juliana en ese momento era indescriptible. No podía creer lo que estaba escuchando. Una vez más, Mercedes tenía razón. Mario estaba obsesionado con ella. Además, vino a su mente el momento en que, unos meses atrás, el Juez había desestimado la demanda por hostigamiento sexual. Los gritos de dolor e indignación de la demandante retumbaban en su mente: «Él sabe lo que me hizo. ¡Cerdo, cochino! Ojalá su hija no *tenga que pasar por lo que él me hizo pasar. Y usted, licenciada, espero que, como mujer, esté satisfecha con su gran victoria».*

Pensar en la posibilidad de que Adriana tuviera que enfrentarse un día a algo así, le revolcó el estómago y decidió tomar acción.

—Qué poco hombre eres, Mario. No tienes dignidad ni respeto alguno por la mujer. Te recuerdo que eres hijo, hermano, esposo y padre de una. Eres una vergüenza para esta oficina. En este instante, voy a presentar una querella en tu contra y quiero que sepas que no hay marcha atrás. Si quieres ser tan bajo como me acabas de demostrar en esta conversación, adelante. Trata de desacreditarme. Suerte con eso. Además, para que lo sepas, ya Fabián lo sabe —mintió—, así que no te preocupes por mí, preocúpate por ti.

Salió apresurada a la oficina de Recursos Humanos del estudio de abogados, mientras Mario quedó paralizado al darse cuenta de cómo su futuro en el bufete se esfumaba ante sus ojos, justo después de haber logrado una enorme victoria para la firma. Solo pensaba en cómo cambia la vida en un instante. *Pensamos que todo está bajo control, de acuerdo con nuestro plan de vida y, de repente, ocurre algo que nos saca la alfombra de debajo de los pies* —rumió.

Mientras Juliana todavía estaba en la oficina de Recursos Humanos, se recibió un correo electrónico en el que Mario informaba su renuncia, efectivo inmediatamente, por razones personales. Juliana no estaba feliz, pero sabía que Mario había tomado la decisión correcta y estaba satisfecha, aunque triste con lo ocurrido.

Si los hombres entendieran que no es no; que desde el momento en que una mujer les dice que no, todo comentario o acercamiento de naturaleza sexual se convierte en hostigamiento sexual, se economizarían muchos malos ratos –pensó mientras regresaba a su oficina para continuar con lo que empezó. Nada ni nadie la detendría.

Aprovechó la tarde para un asunto de vital importancia para ella y se dirigió al hogar a visitar a los ancianos y el Palacio de la Sabiduría: necesitaba toda la que pudiese obtener y rápido. Estaba desesperada por poner en marcha otras partes de su plan que llevaban años dando vuelta en su cabeza. Al llegar, sin previo aviso, los residentes salieron a las áreas comunes para saludarla; todos, menos don Pancho. Cuando preguntó por él, le informaron que había fallecido mientras dormía hacía tres noches. Juliana sintió una profunda tristeza y una gran pena de no haberse enterado a tiempo para rendir sus respetos al amigo inseparable de su abuelo. Luego de conversar un rato con los demás, pidió un espacio para ir al salón en donde estaba la biblioteca de Papabuelo. Una vez allí, comenzó a observar detenidamente cada libro, buscando alguno que le sirviera de guía para la etapa en que se encontraba. Estaba parada en el área de las biografías de mujeres cuando, al sacar el libro de Malala, cayeron varios libros al suelo. Cuando se prestaba a recogerlos, se dio cuenta de los títulos y no podía creer que todos parecían tener algo que ver con lo que estaba buscando. Entre ellos, estaban *Girl Code*, escrito por Cara Alwill Leyba; *Rumors of Our Progress Have Been Greatly Exaggerated*, por la congresista norteamericana, Carolyn B. Malone; *The Confidence Code*, por las escritoras Katty Kay y Claire Shipman; *Nice Girls Don't Get the Corner Office*, de Louis Frankel; y *Secrets of Powerful Women*, de Andrea Wong. Ello, unido a una carpeta que tenía una pegatina que decía *Informe de la Fundación Clinton sobre jefas de estado*. Al hojear las páginas de la carpeta, vio las referencias a las mujeres poderosas de Latinoamérica que han presidido Chile, Brasil y Argentina. Además, le llamó mucho la atención la historia de la senadora de Uruguay, Lucía Topolansky, cuya luz solo se vio opacada por el astro inmenso que resultó ser su esposo, el expresidente uruguayo, José "Pepe" Mujica. Como suele suceder, ella era la conciencia de aquel hombre humilde que cautivó al mundo durante su mandato. Una vez más quedaba claro que, junto a todo hombre exitoso, suele haber una mujer que lo guía, apoya y aconseja.

Sin embargo, no fue hasta unos minutos después que encontró el libro que había ido a buscar: *The Book of Joy,* era el libro que Papabuelo mencionó en su vídeo póstumo y que Fabián había leído a instancias de él. Aunque Fabián tenía una copia del libro, Juliana quería buscar el de su abuelo, pues sabía que encontraría muchos comentarios escritos por él, que le darían una perspectiva distinta y aterrizarían las conversaciones del libro a su cotidianidad.

Estuvo toda la tarde leyendo y haciendo anotaciones en su tableta, con el beneficio del silencio absoluto y libre de interrupciones. Los ancianos apreciaban el mero hecho de que estuviera allí con ellos y respetaron su espacio, hasta que Juliana salió para ver una vez más el atardecer que tanto le gustaba a su abuelo. Esta vez, varios la acompañaron a disfrutar el espectáculo.

Se quedó para cenar en el hogar y regresó a su residencia, todavía vacía ante la ausencia de su esposo y su hija. Había decidido resistir un día más sin llamarlos. No sabía cuándo Fabián había dejado aquella nota y lo mismo llegaban esa noche que dentro de dos días. Esa incertidumbre se la comía por dentro, pero decidió mantenerse enfocada y aprovechar la soledad. Estuvo leyendo, estudiando y anotando hasta muy tarde en la noche. En efecto, el libro estaba lleno de notas, comentarios y hasta preguntas de Papabuelo, escritas con su puño y letra. La sabiduría que proveían los protagonistas del libro, mezclada con los acertados y pragmáticos comentarios de Papabuelo, tenían a Juliana en una nube.

Aunque no se sentía muy bien físicamente porque había descuidado su salud, la realidad es que, desde su regreso del resort, había dejado de tomar los ansiolíticos que se había autorecetado y sentía que todo iba cayendo en su sitio. De repente, mientras se tomaba una copa de su espumoso favorito, se percató de algo que ya había escuchado de Camila. Ella no tenía que seguir buscando la felicidad como si fuera un tesoro escondido. La tenía de frente y no sabía apreciarla por estar buscándola constantemente. Su felicidad estaba en sí misma; en lo que había logrado con tanto sacrificio. Además, había sido privilegiada de tener a Papabuelo en su vida, una hija como Adriana y un esposo como Fabián. Había llegado a la conclusión de que su felicidad era ella misma y decidió convertirse en su fanática número uno. Decidió utilizar su propia historia como fuente de inspiración y motivarse con ella; después de todo, nadie le había regalado nada. Además, se convenció de que volvería a ser ella misma, más genuina, sin importar las consecuencias. Sabía que no le gustaba a todo el mundo, pero al final, la realidad es que no todo el mundo importa; sin hablar de que una buena receta para el desastre, tanto en lo personal como en lo profesional, es tratar de complacer a todo el mundo. Estaba convencida de que ese error no lo iba a cometer.

Encontró una cita en el libro en la que el Dalai Lama habla de lo que él llama *generosidad de espíritu*. Dice que cuando la practicamos, esencialmente estamos activando los pilares de la alegría: perspectiva, humildad, humor, aceptación, perdón, gratitud, compasión y generosidad. La generosidad nos da una perspectiva más amplia mediante la cual podemos ver nuestra conexión con los demás. El Dalai Lama denomina *egoísmo inteligente* a la generosidad que reconoce que al ayudar a otros nos ayudamos nosotros mismos. Juliana leyó ese párrafo varias veces para internalizarlo, justo antes de quedarse dormida con el libro descansando sobre su pecho.

DÍA DE LUCES Y SOMBRAS

Al otro día, se levantó al sentir el aterrizaje forzoso de Adriana encima de ella.

–Mamiiiiiiiiiiiiii –le gritaba mientras le daba una famosa pela de besos.

–Hola, mi amor –dijo una semidormida Juliana–. Te he extrañado. ¿Dónde andaban sin mí?

–Pues, papi me llevó a un hotel bien graaaaaaaande en la playa. Al que fuimos cuando tú cumpliste años. ¿Te acuerdas?

–Ay, qué bueno. Oye, y ¿dónde está papá?

–Fue a echar gasolina.

–Pues, mi querida amiguita, quiero recordarle que hoy es su último día de sus minivacaciones, así que tenemos que preparar las cosas para el regreso a la escuela mañana.

–Ok, pero me llevas a comer helado esta noche. Tengo unas ganas tremendas de comerme uno doble, con mucho sirope de chocolate por encima.

–Si recoges todo a tiempo y organizas el bulto y tu cuarto, te llevo feliz de la vida... y yo también quiero uno. Me hace falta un heladito.

Unos minutos después llegó Fabián, quien saludó a Juliana distante y poco comunicativo. A preguntas de ella, le dijo que esa noche, tan pronto acostaran a dormir a Adriana, tenían que hablar. Juliana accedió sin contemplaciones, pero se quedó muy preocupada.

Fueron juntos a comprar helado y, al regresar, Juliana se fue a la habitación de Adriana, verificó que todo estuviera en el bulto de la escuela y tomó uno de los libros que se había llevado de la colección de Papabuelo para más bien parafraseárselo a Adriana, porque, ciertamente, no era un libro para niñas. Sin embargo, sí tenía parte del mensaje de empoderamiento que quería llevarle a su hija desde pequeña. Deseaba transmitirle que el género de las personas no la predisponen ni la limitan para hacer cierto tipo de trabajo, ni para estudiar cierto tipo de profesión. Quería que su hija se diera cuenta de que la mujer y el hombre son iguales y que tienen los mismos derechos y responsabilidades en la sociedad; que deben caminar uno al lado del otro y que no se trata de demostrar quién es mejor, por el mero hecho de su género.

Esa misión con Adriana comenzaba formalmente esa noche. Sin embargo, sabía que su misión no sería limitada a su hija. Pero antes de continuar con su plan maestro, tenía que resolver su situación con Fabián. No era saludable para la relación continuar como estaban. Además, no era justo mantener a su esposo en una especie de limbo emocional porque, sencillamente, no se lo merecía. Al salir de la habitación de Adriana, Juliana fue a la sala donde la esperaba Fabián con cara de pocos amigos. Su semblante le indicaba que le esperaba una conversación nada cómoda. *Me lo merezco* –pensó mientras se sentaba frente a Fabián para sostener el muy evadido coloquio.

Fabián no abría la boca mientras la miraba fijamente a los ojos, estudiándola, como intentando leer su mente. Su rostro no reflejaba hostilidad, sino más bien tristeza y preocupación, pero con firmeza. Transcurrido un minuto incomodísimo de silencio absoluto, Juliana rompió el hielo.

–¿No me vas a decir nada?

–Yo no tengo absolutamente nada que decir en este momento. Estoy esperando respuestas hace mucho tiempo –dijo Fabián.

–Lo sé, Fabián, y perdóname mil veces, por favor. Yo te amo y sé que, sin quererlo, te hice sufrir innecesariamente durante todo este tiempo. Me imagino que habrás pensado mil cosas.

–¿Por qué no dejamos de perder tiempo y me dices de una vez su nombre?

–¿Qué nombre?, ¿de qué hablas? –preguntó Juliana un poco alterada al percatarse de las implicaciones de la pregunta de Fabián.

Era un mal comienzo para la conversación. *¿Cómo era posible que Fabián, conociéndome como me conoce, puede acusarme de algo tan descabellado como tener un amante?* –se cuestionó. Estuvo indignada ante la insinuación de Fabián, hasta que se dio cuenta de que, después de su encuentro con Mario, Fabián no estaba tan lejos de la verdad. Cuando logró salir de su pequeño trance, decidió tomar la ofensiva y contestó en un tono elevado de voz.

–Yo no tengo, ni he tenido nunca un amante, Fabián. Parece mentira que se te ocurra algo así.

–Es que no hay otra explicación razonable, Juliana. Tu desapego y tu indiferencia por meses, sin razón alguna, y luego, tu inexplicable empeño en retomar nuestra vida íntima... ¿qué se supone que yo piense?

–¡Pues, no! Te equivocas. Muchas gracias por darme el beneficio de la duda después de tantos años juntos. De verdad que no te lo puedo creer. –Juliana se levantó para ir a la nevera a buscar algo de tomar. Ante su enorme cargo de conciencia, recurrió a sus dotes naturales de abogada y decidió que no hay mejor defensa que la ofensiva.

–Dime algo –le dijo Fabián, quien ahora se sentía mal por su acusación–. Siéntate que no hemos terminado. ¿A dónde vas?, ¿a beber?, ¿a buscar tus pastillitas? Solo me hablaste de lo que supuestamente no es...

–¿Supuestamente? Pero, ¿qué te pasa a ti? Ya te dije que eso no es y ¿sigues dudando?

Juliana pausó y siguió preparando su bebida mientras pensaba en sus próximas palabras. No le gustaba nada el giro que había tomado la conversación y había que enderezar el asunto. De lo contrario, temía lo peor. Fabián la había sacado de su plan de ataque con aquella pregunta y estaba tratando de recuperarse del golpe, para retomar la dirección de su comunicación. Decidió prepararse un té para darse algo más de tiempo para organizar sus pensamientos y tomar decisiones rápidas, aunque en realidad sintió que lo que verdaderamente deseaba era darse un par de copitas. Claramente, su batalla con el alcohol no había terminado.

Preparando el té, regresó a la mesa y puso sus manos sobre las de Fabián, quien la miraba fijamente, esperando su explicación.

–Fabián, yo te amo. Nunca dudes eso, pero tenemos cosas que hablar y no voy a quedarme con nada por dentro.

Juliana procedió a explicarle lo que había sentido durante los pasados meses, desde su desgaste y su aburrimiento con su carrera, hasta el uso de ansiolíticos autorecetados. Le explicó lo infeliz que se sentía, sin tener una explicación para ello, y le habló de sus conversaciones con Camila. Le contó de su experiencia con ella y de cómo se había percatado de que era su perpetua inconformidad y eterna búsqueda de la felicidad lo que la tenía triste y deprimida, además de frágil de salud, porque no se alimentaba bien y había descuidado su sagrada rutina de ejercicios. De igual modo, le habló de sus planes para el futuro inmediato, lo que ya estaba haciendo y lo feliz que estaba por eso y por tenerlo en su vida junto a Adriana.

Fabián se sintió aliviado al escuchar a su esposa, pues la amaba profundamente, pero ya sentía que estaba cansado de soportar la situación y, hasta ese momento, no sabía cuánto más podría tolerarla. Sin embargo, Juliana no había terminado y Fabián no estaba preparado para escuchar la confesión que se aproximaba.

Contrario a lo que había decidido originalmente, Juliana decidió contarle todo a Fabián y seguir los consejos de Camila, independientemente de las consecuencias que podía tener su valiente decisión. Perder a Fabián y romper su núcleo familiar era algo que nunca se había planteado y la idea de que pudiera ocurrir en el próximo minuto le aterrorizaba. Sin embargo, para lograr vivir el resto de su vida en paz, liberada de las cadenas del recuerdo y la culpa, era obligatorio decírselo a Fabián.

—¿Quéeee? —gritó Fabián poniéndose de pie—. Después de todo, lo que has dicho resulta que es basura. Al final, todo era una mentira. ¿Qué juego es este, Juliana? Te advierto que no me gusta nada y no quiero jugarlo —dijo furioso mientras daba un fuerte manotazo sobre la mesa—. Toda mi vida yo he resistido la tentación de serte infiel, Juliana. Como tú misma dices: las mujeres se me meten debajo. Pero, ¿sabes qué?, supe aguantarme por respeto a ti, a nuestro matrimonio y a Adriana. Oportunidades no me faltaron, ¡coño! Y ahora me vienes tú con esto. ¡Y con ese pájaro! ¡Increíble!

Juliana permaneció inmóvil y cabizbaja. Fabián merecía todo el espacio necesario para tratar de digerir la bomba que acababa de detonar en su propio hogar.

—Voy a buscar unas cosas para dormir en el cuarto de huéspedes. Por favor, quédate aquí. No me hables ni me mires.

Juliana se mantuvo callada, sentada en la misma silla, apenas sin respirar. Veía cómo ocurría lo que tanto temió. Sin embargo, a pesar del pánico que la arropaba, sentía que se había quitado un gran peso de encima.

Definitivamente, es cierto que la verdad libera –pensó. Juliana se sentía liviana de espíritu, aunque muy asustada y preocupada ante la posibilidad de haber destruido su matrimonio y su familia por un desliz sin sentido. La reacción de Fabián había sido más fuerte e intensa que la que esperaba. Le aterraba pensar en el posible desenlace de su confesión.

Cuando logró levantarse de la silla en la que estuvo sentada mientras confesó su indiscreción, poco faltó para que cayera desplomada al piso por motivo de un súbito mareo y las náuseas que le robaron todas las fuerzas de su cuerpo.

Decidió refugiarse nuevamente en el alcohol y la única pastilla que le quedaba, pues Fabián había echado a la basura todas las demás. Cuando se despertó de madrugada, estaba acostada en el sofá, sola y con un intenso dolor en todo su cuerpo. Tenía la boca seca y pegajosa. Al levantarse, se percató de que había perdido el control de su vejiga y se había orinado encima. Una sensación de asco se apoderó de ella y, entre el hedor que invadía sus fosas nasales y el dolor indescriptible en su cuerpo, terminó vomitando encima del sofá, sin poder controlarse. Había tocado fondo. Curiosamente, a pesar de su estado físico y emocional, Juliana estaba muy clara: esto no podía continuar. Este no era el plan que tenía para el resto de su vida. Tenía que tomar medidas drásticas y pedir ayuda. No era una batalla que podía dar sola.

UN DÍA MENOS

Juliana llevaba dos días en aquel hospital. Era ultra-moderno, equipado con lo último en la tecnología y respaldado por los mejores galenos del país, pues todos querían atender sus pacientes allí, especialmente, para sus cirugías. Además, el personal administrativo y de enfermería estaba adiestrado para brindar un servicio impecable y con un trato sensible y muy humano. *Es lo más cerca a un parque de diversiones tipo Disneylandia* –pensó Juliana desde aquella cama, comodísima para ser de hospital. Sin embargo, un hospital sigue siendo un hospital. Nadie quiere estar allí. Quien está allí es porque tiene que estar. El frío penetrante y el ambiente estéril de laboratorio no permiten olvidar dónde te encuentras, ni quiénes te rodean. Para colmo, los bips constantes de las máquinas sirven como recordatorio de que estás bajo la lupa; te están observando y monitoreando. Definitivamente, no era el lugar favorito de Juliana, pero estaba obligada a estar allí.

El cansancio de dos noches interminables sin poder dormir y un persistente dolor en todo el cuerpo, ya tenían casi vencida a la licenciada Guevara. Durante el día, cerraba los ojos para descansar, pero la entrada y salida de enfermeras interrumpían una y otra vez sus intentos. Mientras, no podía más que pensar en Papabuelo y aquellas interminables lecciones de sabiduría que solía darle, específicamente, aquella vez en el hogar de ancianos, cuando pensó que había muerto al encontrar vacía su cama.

La verdad es que Papabuelo tenía toda la razón. Aquí, en el lecho de muerte, las personas se arrepienten de los riesgos que no tomaron. Las cosas hay que hacerlas porque, sencillamente, hay que hacer que pasen, no van a ocurrir solas. Aquello que me dijo de morir vacío es completamente cierto. Tienes que vivir la vida. Me encantaría saber quién fue el autor de aquel pensamiento que decía algo así como: «Primero, me moría por terminar la escuela superior y empezar en la universidad; luego, me moría por terminar la universidad para empezar a trabajar; luego, moría por casarme y tener hijos; y después, me moría por retirarme. Ahora me estoy muriendo y me doy cuenta de que se me olvidó vivir» –recordaba mientras una lágrima bajaba lentamente por su mejilla.

Era una tarde sombría. Una interminable banda de nubes grises arropaba toda el área metropolitana. El cielo encapotado era cómplice de aquel panorama tétrico. El estallido ensordecedor de los relámpagos interrumpía la calma vespertina e impedía el descanso, mientras los rayos que parecían rasgar el firmamento iluminaban por segundos la ciudad. Entonces, recordó aquella expresión: «*Hoy es un día perfecto para morir*» y comenzó a sentirla suya, mientras intentaba hablar con la persona a quien llamaba su hermana de otra madre. Sabía que sus próximas palabras podían ser las últimas y quería utilizar sabiamente sus suspiros finales.

–Pasé toda mi vida trabajando. Sacrifiqué mi salud para hacer mucho dinero y, en los pasados años, lo he gastado tratando de recuperarla. No cometas el mismo error –le dijo mientras cerraba los ojos y cedía el fuerte agarre que durante los últimos cinco minutos casi privaba de circulación sanguínea a la mano izquierda de su amiga. En ese preciso momento, se desató la histeria colectiva en aquella oscura y fría habitación del hospital más moderno y costoso de la capital. Su compañero de vida se desplomaba sobre su cuerpo, mientras su hija se aferraba a él en estado de shock, como buscando un escudo emocional que neutralizara el implacable *biiiiiiiiip* de la máquina de telemetría.

–¡Nooo! –gritaba desconsolado, al mismo tiempo que el temido *flatline* resonaba inmisericorde, señal de que el espíritu combativo de aquella mujer pronto saldría de su cuerpo y flotaría hacia otra dimensión. Los altavoces del hospital arropaban los pasillos con el llamado: «¡CLAVE VERDE, CLAVE VERDE en la habitación 268!». Simultáneamente, varios residentes, especialistas y enfermeras corrían a toda prisa hacia la habitación, abriéndose paso entre los pacientes y visitantes que transitaban por los pasillos del hospital. Sus caras reflejaban la intensidad del momento. Todos sabían que les esperaba una seria emergencia que les requeriría ser protagonistas activos de otra batalla campal entre la vida y la muerte.

Llegó el equipo médico a la habitación, donde imperaba un aire de funeral. De inmediato, sacaron a todos los familiares y amigos que rodeaban la cama. Las enfermeras funcionaban como máquinas bien aceitadas; como un reloj suizo. Todas tenían claro su rol. Cuando entró el médico de cabecera, pidió de inmediato el desfibrilador.

—No hay ritmo cardiaco, doctor —dijo la enfermera con un tono lúgubre. En ese momento, sin perder un segundo, el galeno comenzó las compresiones; fuertes empujones en el esternón de aquel cuerpo inerte. Treinta compresiones y dos respiraciones; treinta compresiones y dos respiraciones. El ambiente era tenso. El cuerpo de aquella guerrera no respondía. El maldito *flatline* se sostenía.

—Una vez más —dijo el médico con firmeza y convicción, pero con muy pocas esperanzas. Era la tercera y última ronda de aquel intento de resucitar a la paciente. Cuando terminó, sudoroso, le dijo al grupo de trabajo, visiblemente frustrado, que procedieran conforme al protocolo. No había más nada que hacer. El galeno, compungido, agradeció a todo su equipo de trabajo por el gran esfuerzo y los abrazó uno por uno. Sin embargo, lamentablemente, estaban ante otra victoria para el ángel de la muerte. Ahora le tocaba la única tarea que odiaba de su profesión, notificarlo a los familiares.

No fue necesario que abriera la boca porque la noticia era obvia. Al ver la expresión en la cara del Dr. Jiménez, el compañero de vida de la difunta comenzó a golpear la pared con sus puños, mientras Paola trataba infructuosamente de abrazarlo y, al mismo tiempo, buscar un refugio para aliviar su propio sufrimiento. A poca distancia, Juliana, estoica, pero con un dolor profundo en su alma, observaba la escena sin saber exactamente cómo reaccionar. Días antes había sido dada de alta de esa misma institución hospitalaria, en la que se había recluido voluntariamente, al aceptar que las fuerzas que la arrastraban a las garras del alcohol eran mucho más poderosas que su férrea voluntad y deseo de superarse. Cuando pudo recuperar las fuerzas, se levantó de la silla y se acercó a Marcos y a Paola para fundirse en un abrazo solidario y consolador. Permanecieron abrazados por minutos sin que nadie quisiera soltarse. La unión de aquellos cuerpos que compartían el mismo dolor era como un manto protector; desprenderse era peligroso.

Transcurrido un tiempo, Marcos procedió a firmar los documentos requeridos por el hospital y salió de allí con Paola y Juliana a coordinar los arreglos funerarios.

–Esta es nuestra caja más lujosa. Está hecha de acero inoxidable con doble capa de pintura. La almohada es de plumas de ganso y es reclinable. Mire, se sube oprimiendo este botón... –decía un entusiasmado empleado de la Funeraria San José, mientras Juliana trataba de controlar las náuseas mentales que le provocaba la visita al cuarto aquel donde estaban todos los modelos de ataúdes.

¡Qué soberana estupidez, que banalidad! –pensaba Juliana–. *Este individuo se cree que está vendiendo un coche último modelo. A mí que me cremen, como a Papabuelo. Esto es ridículo. ¿Qué importancia tiene la caja? Ya no hay nada ni nadie en ese cuerpo. Esa masa de carne y huesos no es mi amiga, no importa dónde la metan* –seguía cavilando, mientras rezaba para que Marcos se decidiera por cualquiera de aquellas frías cajas.

Luego de una hora en aquel salón y después de escoger un ataúd *apropiado*, una tarjeta de recordatorio con el Salmo número 23 (que, según Juliana, *nadie va a conservar y mucho menos a releer en su hogar*), y el lenguaje para la esquela que sería publicada en el periódico principal de la ciudad, finalmente salieron de la funeraria.

Juliana se despidió de Marcos y Paola, pues quería ver a Adriana y a Fabián. Sabía que le esperaban días largos.

Marcos era un tipo convencional, profundamente espiritual y católico clásico, a la antigua. No había posibilidad alguna de que se enterrara el cuerpo de su amada en otro sitio que no fuera el mismo cementerio donde estaba el resto de la familia de ella. Para Juliana, sin embargo, esto era algo bien desagradable. Odiaba los cementerios con todo su corazón, incluso más que las funerarias, pero no tenía alternativa. Allí fue a despedirse de la hermana que le dejó la vida. Pensaba que los cementerios eran, como había leído en alguna ocasión, los pedazos de tierra más valiosos del mundo. En ellos se encontraban enterrados muchos sueños no ejecutados y miles de promesas sin cumplir; grandes ideas desatendidas; los grandes libros nunca escritos; las palabras no dichas y los negocios nunca comenzados. No le gustaban para nada y, sobre todo, detestaba observar el momento en que los sepultureros metían la caja con el cuerpo de las personas en un hoyo, para luego taparlo con tierra. Ese no era un final digno para nadie. Por lo tanto, luego de escuchar al sacerdote y otras personas que tuvieron hermosas palabras para su amiga, se retiró de aquel camposanto justo antes de que terminaran las palabras emotivas de despedida de Marcos, antes de que los sepultureros entraran en acción. Tomó la mano de su hija y caminó hacia su vehículo. De camino, Adriana le preguntó con la inocencia de un niño de su edad:

–Mamá, tú no te vas a morir, ¿verdad? –Juliana la levantó y la cargó en sus brazos.

–Adriana, todo el mundo se muere, pero no todo el mundo vive. Vamos a vivir la vida y a disfrutarla... ya habrá tiempo suficiente para estar muertas.

CASI UN AÑO DESPUÉS

Juliana llevaba mucho tiempo trabajando en el proyecto que tanto atesoraba. Era lo que le había inyectado energía a su vida durante los pasados meses. Sentía que se había reencontrado y, al fin, podría responder al llamado de su alma, su verdadera vocación. Era una manera de llevar un mensaje claro que sirviera para empoderar a muchos, especialmente, a las mujeres. Estuvo muchos años pensándolo y jugando con la idea en su mente, pero nunca le puso fecha al plan y permitió que, como solía decir, el trabajo se le metiera en el medio. Disfrutaba demasiado lo que hacía, pero esto era distinto. Con este proyecto quería tocar muchas personas. Sentía que tenía mucho que aportar y estaba autolimitándose por su entrega al litigio. Además, sus recientes experiencias personales, como la muerte de Papabuelo, su batalla contra la adicción al alcohol y otros demonios que la torturaban, le permitían hablar con conocimiento y autoridad sobre la importancia de entender que siempre es posible levantarse y comenzar de nuevo.

Finalmente, llegó el gran día. Se presentó a la esperada cita acompañada de Adriana y Fabián, quien continuaba apoyándola sin condiciones, aun en momentos difíciles de la relación. Luego de unos días de hermetismo después de la confesión de Juliana, Fabián habló con su esposa y la perdonó, con la condición de que jamás se repitiera ese tipo de incidente. La estabilidad del matrimonio se vio gravemente afectada, pero pudo más la fuerza del amor y el poder indescriptible del perdón, que el coraje y la recriminación. Había trabajo que hacer, pero estaban dispuestos a luchar por la relación que tanto atesoraban. Ambos coincidían en que la capacidad de perdonar sin límites y escoger quedarse para arreglar las cosas, era esencial para todo matrimonio feliz y longevo.

Al entrar al salón presidencial de aquel centro de convenciones, tomaron los asientos asignados en la elevada tarima y esperaron por el comienzo de la actividad. Minutos más tarde, el maestro de ceremonia pidió al público silencio para comenzar.

—Damas y caballeros, buenas noches. Todas y todos sabemos el motivo de nuestra reunión aquí esta noche, de modo que seré muy breve. Nuestra oradora es una profesional muy conocida. Su trayectoria jurídica habla por sí sola y es su carta de presentación. Su reputación en los tribunales es intachable y es reconocida como una de las mejores abogadas litigantes de nuestro país. De igual modo, sus dotes de oratoria no tienen comparación. Es por eso que es un honor para mí dejarlos con la licenciada Juliana Isabel Guevara.

El público respondió con un aplauso entusiasta, mientras Juliana se levantaba de su silla y recibía besos de apoyo de su esposo y su hija, antes de dirigirse al proscenio para comenzar su discurso. Aunque era una extraordinaria oradora, era la primera vez que se dirigía a un grupo tan grande. Sin embargo, pararse ante más de 600 personas que tenían su mirada fija sobre ella no la ponía nerviosa. *Definitivamente no, no son nervios lo que siento; es pura emoción. Hoy comienza mi nuevo proyecto de vida* –pensó, con una leve sonrisa en sus labios. Deslizó lentamente su mirada de un lado al otro del salón y fue observando al público, como intentando hacer contacto visual con cada persona, una por una, viviéndose aquella oportunidad tan especial que le regalaba la vida.

Quería lograr una conexión inmediata con aquel público para el cual tenía un mensaje poderoso al que había dado forma durante varias semanas. Juliana tenía muchas cosas que decir y se dio cuenta, mientras se preparaba para la ocasión, de que tenía que organizar bien sus pensamientos y canalizar sus emociones para que su mensaje llegara. Luego de descartar innumerables borradores durante horas de encierro en su cuarto de estudio, se declaró lista.

La energía del salón era perfecta; solo recibía vibraciones positivas de los asistentes, quienes estaban ávidos por escucharla. Juliana sintió su piel erizarse al percibir una fuerza invisible que, de repente, la acompañaba y la impulsaba. Casi no podía contener la emoción. Había llegado el momento que tanto esperó. Antes de comenzar a hablar, se percató de que una lágrima saltó de sus ojos y corría por su mejilla izquierda. Sin embargo, no la interceptó; la dejó terminar su travesía, mientras recordaba las palabras sabias de Papabuelo. Además, era una manera extraordinaria de mostrarse al mundo. *Sí, me presento ante ustedes como soy* –pensó, mientras abrazaba aquella auténtica demostración de vulnerabilidad que la humanizaba y la conectaba más a la audiencia.

–Muy buenas noches. Antes que todo, quiero agradecer a mi esposo Fabián y a mi hija, Adriana, quienes me han apoyado siempre. Sin ustedes, no hubiese podido llegar a donde estoy hoy –dijo, mientras miraba a Fabián y a Adriana, quien aplaudía con loco frenesí por la emoción que le provocaba el escuchar su nombre por el micrófono, en voz de su madre.

De repente, ocurrió algo totalmente inesperado que parecía sacado de una comedia o una película de horror, dependiendo del lugar donde usted se ubique.

La tableta donde tenía escrito el discurso no encendió, a pesar de que había estado cargando toda la noche. Juliana trató disimuladamente de corregir la situación sin alertar al público, pero fue inútil. Sencillamente su ponencia no estaba disponible. La tecnología la había traicionado en el peor momento imaginable. En un instante, decidió que nada arruinaría aquella ocasión. Sonrió, tragó gordo, se volteó y le entregó la tableta a Fabián, quien la recibió pasmado, consciente de lo que acababa de ocurrir. Miró a Juliana con los ojos bien abiertos y esta, con la frialdad y la confianza que podía demostrar en momentos como este, le sonrió pícaramente y le obsequió una guiñada que le dejó saber que todo estaría bien.

Mientras reía por dentro ante lo insólito de la situación y justo en el instante en que se disponía a regresar al podio para comenzar su discurso, escuchó claramente unas carcajadas muy particulares que la paralizaron y le pusieron la piel de gallina. Era la risa inconfundible que había sido parte de su vida desde su niñez. Desconcertada, miró a todos lados de la sala con desesperación e incredulidad. Por supuesto, solo encontró las caras confundidas de los asistentes que esperaban con ansias el comienzo de su alocución. Pensó que ahora sí los nervios le estaban haciendo una mala jugada, pero decidió dirigirse a su público sin esperar más.

–Hoy voy a hablarles de algo que lleva en mi mente desde hace casi cinco años, pero en lo que nunca me había enfocado seriamente, por múltiples factores y, quizás, hasta excusas. Pensé demasiado en cómo hacerlo y no hice nada. Por el contrario, permití que me arropara la famosa "parálisis del análisis". Como consecuencia, pasaron los años innecesariamente, hasta el día de hoy. Sin embargo, aprendí mucho durante el proceso y acumulé nuevas experiencias que tienen un valor incalculable para mí y, espero, que para ustedes también. Mucho de lo aprendido lo comparto con el propósito de ayudarles a actuar; a no esperar a que llegue el momento perfecto para hacer las cosas o para vivir la vida, porque ese momento no existe. Las cosas hay que hacerlas; nuestro tiempo de vida hay que aprovecharlo y es ahora. Eso es todo. Sin excusas. Las condiciones para comenzar lo que quieres nunca van a ser las perfectas. Como dijo el ensayista John Burroughs: «Salta, que la malla aparece».

–Amigas y amigos, *"el tiempo pasa"*. Esa frase que parece un *cliché* es demasiado cierta para ignorarla. La verdad es que el tiempo es como un río: no puedes tocar la misma agua dos veces porque la que acaba de pasar frente a ti no vuelve. El río, al igual que la vida, solo corre en una dirección: hacia adelante. Me di cuenta de que cada vez que pensamos que comienza *"un día más"*, también se trata de un día menos; sí, un día menos de vida. Cuando lo internalicen y se percaten de la fragilidad de la vida, se darán cuenta de que tienen un día menos para hacer realidad sus sueños, un día menos para ejecutar sus planes, un día menos para compartir con sus hijos y amar a sus seres queridos. En fin, un día menos para ser feliz. En ese momento, empezarán a valorar las cosas que verdaderamente importan en la vida, porque la vida se nos escapa con cada minuto de la misma vida y, como dice Pepe Mujica, expresidente de Uruguay: «*No puedes ir al supermercado a comprar vida*».

–Cuando me di cuenta de esa realidad inescapable, tomé el primer paso y no volví a mirar atrás. A pesar de poder reconocer la desolación que su abandono me había provocado, logré "recuperar" a mi padre por medio del perdón. Con él aprendí a no juzgar a los demás, porque todos tenemos una historia que el mundo no conoce. Irónicamente, casi al mismo tiempo, experimenté lo que es ser perdonada por un ser que amo profundamente: mi esposo. Con él aprendí que el poder del perdón es infinito y que es un componente esencial de lo que conocemos como la fuente inagotable del amor. Finalmente llegué a un punto en que decidí vivir mis sueños, en lugar de vivir mis miedos. En nuestro cerebro no hay espacio para negativismo y fe; tienes que decidir cuál de los dos se queda en el tuyo. En el proceso, me di cuenta de que las cosas no necesariamente corrían a la velocidad que quería, pero también entendí que, aunque no estaba donde quería estar, al menos no estaba hundida en el abismo en que solía estar, durante el tiempo que decidí refugiarme en el alcohol y las pastillas. Las cosas no van a salir según planificadas, ni van a salir bien del primer intento. Por eso decidí que cuando me cansara en medio de esta trayectoria, pararía para descansar, y no para rendirme. Pienso distinto a los que dicen que la vida es como correr bicicleta: si paras, te caes. Estoy convencida de que es necesario detenerse, de vez en cuando, para reflexionar, asegurarte de que vas por el camino que quieres y, sobre todo, para agradecer las bendiciones que caen sobre nosotros diariamente y que damos por sentadas.

–También, me di cuenta de la importancia de no abrir la boca, salvo que lo que tengas que decir sea mejor que el silencio. Es por eso que, luego de varios años de darle pensamiento y varios meses desde que decidí encaminar mi sueño, me causa una inmensa alegría poder regalarles un pedazo de mi alma y mi corazón, traducidos en prosa y presentarles... –en ese momento, Juliana dirigió su mirada a la parte de atrás del escenario, en donde había una pantalla gigante en la que ahora se proyectaba lo que a todas luces era la portada de un libro– ...el libro que he escrito con mucho amor. Hoy se los presento con la confianza de que logre convertirse en su manifiesto de vida.

En ese momento, el público, totalmente sorprendido, se puso de pie para aplaudir. Fue algo inesperado para todos, pues pensaban que habían sido invitados a una especie de homenaje o reconocimiento a la trayectoria de la licenciada. Sin embargo, Juliana, como buena alumna de su abuelo, los tomó desprevenidos.

—Este libro lo escribí para todos los que tienen sueños y aspiraciones; para los que piensan que nuestro país y el mundo puede ser un mejor lugar si cada cual procura ser un mejor ser humano. En especial, se lo dedico a las mujeres profesionales que históricamente han tenido, y tienen todavía, un camino por recorrer lleno de obstáculos injustificables en el plano profesional, mientras muchas son, además, madres ejemplares y cabezas de familia. A esas mujeres que han tenido que enfrentarse a mentalidades anquilosadas que, sin base racional y por demasiado tiempo, han requerido de estas que muestren su valía más allá de lo que tradicionalmente se les ha exigido a personas del otro género en igualdad de circunstancias. A ellas va mi aplauso solidario y mi exhortación a nunca doblegarse y aceptar los prejuicios que nuestra sociedad ha arrastrado por décadas. Para alcanzar este objetivo, les recuerdo que es vital ser solidarias entre nosotras.

—Ahora, para poder lograr esto hay algo que para mí es esencial: cada cual tiene que ser genuino, auténtico. ¿Recuerdas cómo eras antes de que el mundo te dijera cómo debes ser? A ese momento es que debes regresar. Solo serás libre cuando dejes de tratar de ser lo que crees que debes ser y seas quien de verdad eres. Mucho menos debes insistir en ser lo que otros quieren que seas. Lograr eso no es necesariamente sencillo. Decidir ser quién eres puede traer una confrontación frontal con tus padres, tus amistades, tu iglesia, tus compañeros de trabajo y hasta la sociedad. Sin embargo, una vez logras ser quien en realidad eres, sentirás una libertad que nunca experimentaste mientras estuviste *enmascarado* para complacer a otros o cumplir expectativas ajenas a ti.

–Créanme, no existe tal cosa como *normal*. A lo que las personas se refieren como "lo normal" es a las conductas impuestas por la sociedad y las religiones durante siglos; a la programación de la que todos hemos sido objeto mientras crecíamos junto a nuestros padres y familiares. Pues, ¿saben qué? Yo intenté ser *normal* una vez y no solo me di cuenta de que no lo soy, sino que decidí que no me interesa serlo. ¡Yo, simplemente, soy! Así como me ven: única e irrepetible; igual que cada uno de ustedes.

El público, enardecido, aplaudió ante lo impactante del mensaje de Juliana y la seguridad con la que se dirigía a ellos, en especial, a las mujeres, quienes se sentían identificadas con lo que escuchaban.

–No puedo despedirme sin extenderte una invitación, a ti, a que seas el mejor tú que puedas ser, sin compararte con nadie, más que contigo mismo. Te invito a pensar en grande y no limitar tus pensamientos; a que no te empeñes en enamorarte de la jaula, habiendo tanto cielo para volar; a entender que eres lo que piensas y, por eso, debes pensar positivamente, siempre. Te invito a creer en ti y en tu infinito potencial. Después de todo, sabemos que creíste en el conejo de Pascua durante varios años. Te invito a entender que no se trata de no sentir miedo, lo importante es controlarlo y superarlo. Platón decía que era fácil perdonar a un niño que tiene miedo a la oscuridad, pero lo verdaderamente trágico de la vida es ver a los hombres y mujeres que le tienen miedo a la luz.

—Yo prefiero morir de pasión que de aburrimiento; y prefiero, como dijo el pastor Robert Schuller, «*tratar de hacer algo grande y fallar, que ser exitoso tratando de hacer nada*». Por eso, para finalizar mi mensaje, te reto a vivir la vida, como me dijo una amiga hace un tiempo: *intencionalmente y con una dirección definida.* Esa es la clave para la felicidad: darle contenido a tu vida y, así, añadir valor a la vida de los demás. Para encaminarte en ese proceso, te sugiero pensar seriamente en la fragilidad de la vida. La muerte de mi querido abuelo y la súbita partida de mi mejor amiga me llevaron a hacerlo y, de paso, a cuestionarme cada día lo siguiente: si este hubiese sido mi último día de vida, ¿estaría satisfecha y orgullosa de mi paso por la Tierra? Para contestar esta interrogante, debes preguntarte lo siguiente: ¿quién llorará, si alguien, cuando te mueras? Dependiendo de cuál sea la respuesta, quizás te des cuenta de que te faltan cosas por hacer, retos que aceptar, metas que alcanzar, palabras que decir, abrazos que dar, perdones que conceder y amistades por amar.

—Te invito a que, como yo, adoptes la filosofía de vida que proviene de un proverbio tibetano que hoy en día rige mi existencia: «*Prefiero haber vivido un solo día como una leona, que mil años como una oveja*». Muchas gracias.

En ese momento, el público se puso de pie nuevamente para darle una merecida ovación a Juliana. El estruendo en la sala parecía un rugido de la leona a la que había hecho referencia al finalizar su discurso. Juliana dio un paso atrás para separarse del podio y observar lo que estaba ocurriendo en aquel recinto. Quería recibir aquel aplauso en su corazón, pero con humildad y, sobre todo, agradecimiento infinito.

Al mirar hacia la parte de atrás del salón, pudo reconocer una figura inconfundible que llevaba un sombrero de ala ancha y le aplaudía mientras se reía a carcajadas. Nadie más parecía percatarse de su presencia, excepto Juliana, quien miró rápidamente hacia donde estaban sentados Fabián y Adriana, buscando ver si ellos habían visto lo mismo. Sin embargo, ambos solo se acercaron a ella para abrazarla y felicitarla, ajenos a su avistamiento. Cuando Juliana se volteó nuevamente hacia el público, la figura ya no estaba. Ella simplemente sonrió y dijo para sí misma– *Gracias, Papabuelo.*

———◦∞◦———

UNA REFLEXIÓN
Y MI AGRADECIMIENTO

La génesis de este libro tiene una historia larga. La realidad es que llevo años contemplando la idea de escribirlo y, aunque siempre pensé que escribiría uno de derecho laboral y leyes del empleo, que es a lo que he dedicado mi vida, no lo hice, aunque pienso que todavía hace mucha falta.

Con el transcurso del tiempo, continué con mi exitosa carrera como abogado laboral en Puerto Rico. Me esforcé mucho por ser el mejor abogado que pudiera ser para atender efectivamente las necesidades de mis clientes. Fueron, y continúan siendo, muchas horas de trabajo y sacrificio, pero el resultado ha sido extraordinario, particularmente, porque logré balancear los requerimientos de mi trabajo con las necesidades de mi familia y triunfar en ambas facetas. Por eso, vivo escandalosamente feliz.

Sin embargo, a mitad de la primera década del siglo XXI, me encontré con un libro que me abrió los ojos y, a pesar de que suena como un cliché, comenzó a transformar mis pensamientos, a romper mis esquemas y a obligarme a ver la vida de manera distinta. El libro se titula *"The Monk Who Sold His Ferrari"*, escrito por Robin Sharma. Aunque hoy ha sido traducido a varios idiomas, lo leí por primera vez en inglés. Fue tal su impacto en mí, que no solo compré varios de los libros que él escribió posteriormente, sino que fui dos veces a Toronto, Canadá, a escuchar a Sharma en sus seminarios de dos o tres días. La primera vez fue el 11 de junio de 2010, a menos de dos meses de la muerte de mi madre y, sin saberlo en aquel momento, a poco más de un mes de la muerte de mi padre. En retrospectiva, esos tres días fueron el inicio de la transformación que me trajo hasta aquí.

Cuatro años después, regresé a Toronto para el evento que Robin llamó "The 48-Hour Transformation". Habían pasado cuatro años y mi vida había cambiado dramáticamente, pues la muerte de mis padres fue un evento duro, especialmente, por la proximidad entre ambas. A pesar del inevitable dolor que causó esa separación física, mi hermano Iván y yo hemos dormido tranquilos siempre, con la paz que nos da tener la certeza de haber sido buenos hijos y haberles dado amor a nuestros padres hasta los últimos latidos de sus corazones.

Recuerdo haber salido recargado y renergizado de ambas experiencias con Sharma y, aunque la primera me impactó más, la realidad es que solo tomé acción en algunas de las áreas en las que había hecho un compromiso conmigo mismo. El libro, uno de los proyectos con los que me había comprometido, quedó pendiente. Aunque siempre estaba en mi mente, la realidad es que pensaba que escribirlo tendría que esperar a que mi trabajo y mis casos en los tribunales lo permitieran; quizás hasta la fecha de mi retiro. Mientras pasaba el tiempo, me mantuve leyendo mucho y recopilando información sobre temas de liderazgo y motivación, que eran, y son, temas que me apasionan. Sin darme cuenta, estaba siguiendo un consejo que John Maxwell me dio, en persona, cuatro años después, en agosto de 2018: «Colecciona pensamientos, frases e ideas que te inspiren o llamen tu atención. Saca copias, recorta periódicos y revistas y tira *screen shots* de cosas que se publican en las redes». Cuando comencé a escribir el libro, ya tenía un banco de información considerable.

Por otro lado, el 31 de diciembre de 2014 es una fecha que marcará el resto de mi vida para siempre. Esa noche, mientras esperaba por mi esposa y mis hijos para salir a celebrar la despedida del año en la residencia de los ahora suegros de mi hija, decidí hacer una introspección de lo que había hecho en el año; era como un resumen de las noticias del año, pero de mi vida personal y profesional. Luego, me serví una segunda copa de vino tinto e hice unas reflexiones sobre lo que me proponía hacer en el 2015. No sé por qué hice esto en esa noche en particular, pero lo cierto es que era la primera vez en mi vida que lo hacía. La segunda reflexión se trataba de algo parecido a mis resoluciones de Año Nuevo, pero mucho más complejas que una simple resolución que luego se olvida. Estaba haciendo un compromiso serio conmigo mismo. Media hora más tarde, mientras estaba, literalmente, debajo de la ducha, decidí grabar un video que iba a colocar en las redes sociales, con un mensaje al mundo de que no iba a tolerar personas tóxicas en mi vida y que iba a combatir tanto a los pensamientos como a las personas negativas. En especial, me dirigía a las personas que dedican su vida a hablar únicamente de todo lo negativo que ocurre en Puerto Rico y a hablar mal de los puertorriqueños. Ese vídeo se fue viral –como dicen por ahí los que están en este mundo de las redes sociales– y nació, sin querer, una cruzada de positivismo bajo el *hashtag* #vengovirao, activo y vigente hasta el día de hoy.

Gracias a ese movimiento, en el año 2016, fui invitado por la Dra. Katherine Gómez para que presentara una ponencia en la conferencia anual de la Sociedad para la Gerencia de Recursos Humanos, Capítulo de Puerto Rico. Acepté con mucho gusto y gran entusiasmo, pues era la primera ocasión en que tendría la oportunidad de dirigirme a un público muy conocido por mí, pero en calidad de motivador, no como abogado laboral. Así, en septiembre del año 2016, ofrecí ante unas 600 personas la conferencia que titulé: *De ordinario a extraordinario*. La reacción de los asistentes luego de la misma, en especial, las lágrimas que brotaron de tantos ojos, me conmovieron. Ese día confirmé que, definitivamente, todo lo que pensaba era correcto; este era mi nuevo camino y mi nueva misión. No podía dejar pasar la oportunidad de añadir valor a la vida de las personas, de motivarlos a perseguir sus sueños, de impulsarlos a ser lo mejor que pueden ser. Esa es ahora mi misión y mi objetivo con este libro.

A pesar de que ahora puedo decir que escribir fue una de las experiencias más enriquecedoras de mi vida, el trabajo *se me metía en el medio* y no sacaba tiempo para cultivar mi pasión, aunque siempre me mantuve leyendo y recopilando. No fue hasta el mes de julio del año 2017 que, paseando por las redes sociales, me encontré con un anuncio de una tal Anita Paniagua, en el que decía que iba a ofrecer un curso de cómo escribir un libro y autopublicarlo. Algo me llamó la atención de aquel anuncio y me inscribí inmediatamente. Fue como una señal para el escritor que vivía dormido dentro de mí.

El sábado, 26 de agosto de 2017, a menos de un mes del paso del Huracán María, me presenté al taller de Anita sin muchas expectativas. Sin embargo, y para mi sorpresa, pasadas casi tres horas, tomé diez páginas de notas a manuscrito y, al otro día, comencé a escribir. No escribí esa misma tarde porque decidí canalizar las emociones y organizar mis pensamientos.

Una vez comencé a escribir no podía parar. Al escuchar a Anita, me convencí de que el personaje principal de mi novela tenía que ser una mujer. Ese fue el primer golpe, pues me obligaba a cambiar, no solo el enfoque del libro, sino el género de otros personajes que ya tenía en mente. Además, y más importante aún, *tenía que ponerme la falda y los tacones* para poder hablar con credibilidad desde la perspectiva de la mujer, sin sonar como un hombre hablando de mujeres desde su óptica masculina. Solo ustedes decidirán si lo logré.

Escribí en mi hogar, en mi oficina, en la Hacienda Luis, en Castañer, donde conocí a Jeannette Cabrera Molinelli y su esposo Arturo; en Dos Aguas, Río Grande; en Nueva York, en el avión de regreso a Puerto Rico; y en Atlanta, en casa de mi hermano, donde fuimos a despedir el año. Fue un proceso enriquecedor que me obligó a evaluar muchas cosas de mi vida personal y profesional. Aunque les aseguro que el libro no es autobiográfico, no puedo negar que muchos nombres, personajes y algunas situaciones se basan en personas que conozco y eventos que he vivido. De igual manera, hay personajes que tienen características y filosofías de vida similares o idénticas a la mía; otros describen conductas que yo quiero emular. En particular, Papabuelo es el abuelo que aspiro a ser algún día.

El proceso de edición fue todavía más intenso de lo que imaginé. Mariangely Núñez Fidalgo me retó y, como diría ella, *me exprimió* hasta que no pudo más. Cuando yo pensaba que ya lo había dado todo, me presentaba otro reto y me insistió en que podía darle un poco más: un poco más de pasión, un carácter más coloquial, un poco más de ternura, un poco más de emoción, según fuera el caso. En fin, lo que fuese necesario para sacar lo mejor de mí y plasmarlo en el libro. No tengo duda de que lo logró.

Tengo muchas personas a quienes agradecer. Algunas de ellas ni se imaginan el impacto o la influencia que tuvieron en mí en este proceso. Comienzo con Meme, mi esposa y compañera de vida, quien cuando solo había escrito cincuenta páginas, mientras leía el primer manuscrito, me miró por encima de los espejuelos y me dijo con una cara que reflejaba sorpresa, orgullo y advertencia: «*Esto está bueno*». Ese comentario me catapultó, pues viniendo de quien, a petición mía, puede ser mi más dura crítica, significaba que iba por buen camino.

A la Dra. Katherine Gómez; jamás olvidaré aquella llamada que recibí mientras transitaba una tarde por la avenida Muñoz Rivera. La oportunidad que me diste hace casi tres años expandió mis horizontes y me indicó claramente el camino a seguir en el futuro. También, debo agradecer a SHRM-PR por hacerle caso a Katherine, y a Diana Pérez de Fresenius-Kabi por depositar su fe en mí y auspiciar aquella charla, a pesar de tener otras opciones.

A Wanda Piña y Norma Dávila: conocer de primera mano el esfuerzo y el empeño que requirió aquella primera publicación de su primer libro, me motivó a "ponerme las pilas". De igual modo, la constante presión de Wanda, preguntando por el libro todas las semanas durante más de un año, evidentemente surtió efecto.

A mi hermano Francisco Zamora, quien siempre está tras bastidores. Sabes que tus ideas me "desbloquearon" más de una vez.

A las pocas amistades íntimas con quienes compartí en secreto el manuscrito aún en proceso; gracias por su crítica constructiva.

A Jeannette Cabrera Molinelli, porque aquellas tertulias y tus consejos en Castañer, justo antes de María, validaron mi convicción.

A Ángel de Jesús y Eneida Sierra, porque su mera presencia aquella tarde en la Universidad del Este me confirmó que estaba en el lugar correcto, con el grupo correcto.

A Anita Paniagua, Mariangely Núñez Fidalgo y Amanda Jusino, gracias por retarme, criticarme, apoyarme, exprimirme y tolerarme. No hubiese podido escoger un equipo mejor para este proyecto. Por supuesto, a Raúl Romero, fotógrafo y mago; gracias por hacer milagros conmigo.

A mis hijos Claudia e Ylde, quienes, cada cual a su manera y sin darse cuenta, han sido mis maestros más valiosos y la fuerza que me empuja hacia adelante todos los días; mi vida sin ellos no tendría sentido.

Finalmente, gracias a Diana Colón, mi fiel asistente por más de 23 años. Porque siempre ha estado ahí en las buenas y en las malas; sin cuestionar. Sin ella y sin su apoyo, no sería el profesional que soy hoy y este libro estaría todavía en borrador.

Espero que el libro los lleve a entender la importancia de vivir la vida intensamente con un norte claro, que tenga sentido, siempre recordando que cada día que amanece es un día más, pero al mismo tiempo es... *un día menos.*

YLDE

YLDEFONSO LÓPEZ

SOBRE EL AUTOR

YLDEFONSO LÓPEZ

—◦◦◦◦—

E l licenciado Yldefonso López Morales es abogado laboral y conferenciante internacional certificado por "The John Maxwell Team", columnista en temas de motivación, liderazgo y crítica social y creador de #vengovirao, movimiento que se viralizó en las redes sociales, que promueve la actitud positiva hacia el futuro de Puerto Rico, su país natal, y que fomenta la autoestima del puertorriqueño.

Sus conferencias en temas de liderazgo y motivación son solicitadas por prestigiosas organizaciones profesionales y educativas locales e internacionales, tales como la Sociedad para la Gerencia de Recursos Humanos (SHRM), la Asociación para el Desarrollo de Talento (ATD), la Asociación de Profesionales en Relaciones Laborales (APRL), la Cámara de Comercio de Puerto Rico, la Asociación de Industriales de Puerto Rico, Target Consultores y la Asociación Nacional de Hoteles y Restaurantes, en la

República Dominicana, así como varias compañías Fortune 500. Entre los temas que más le solicitan se encuentran: *De ordinario a extraordinario; El empleado tóxico y su compleja mentalidad ante la ley 80: identifíquelo, entiéndalo y aprenda a manejarlo; Vampiros emocionales en el lugar de trabajo; Hostigamiento sexual; Discrimen en el empleo; Discrimen por orientación sexual e identidad de género; Protocolo de violencia doméstica en el lugar de trabajo; Desde la bienvenida hasta la despedida.* Estas conferencias han sido impartidas a miles de profesionales y estudiantes, en Puerto Rico y el exterior.

Ha sido orador en las Conferencias de Derecho Laboral de la Facultad de Derecho de la Universidad Interamericana de Puerto Rico. Funge como director del Departamento de Derecho Laboral y Leyes del Empleo del bufete O'Neill & Borges LLC, en San Juan, Puerto Rico. Cursó estudios en la Universidad de Puerto Rico, donde obtuvo su bachillerato en *Artes Magna Cum Laude*, con concentración en Relaciones Laborales, en el año 1984, y el grado de *Juris Doctor*, en el año 1987. Durante tres años consecutivos, la prestigiosa publicación británica "Chambers & Partners", lo ha reconocido como uno de los abogados laborales más destacados de Puerto Rico.

UN DÍA MENOS

BIBLIOGRAFÍA

Allgeier, S. (2009). *The Personal Credibility Factor.* New Jersey, USA: Ft Press

Campodónico, M.A. (2015). *Mujica.* Uruguay: Editorial Fin de Siglo

Ceniqui, L. (2017). *Mujica: La sabiduría del presidente más humilde del mundo.* Uruguay.

Danza, A.; Tulboritz, E. (2015). *Una oveja negra al poder.* Uruguay: Editorial Sudamericana Uruguaya

Henry, T. (2013). *Die Empty.* New York, New York: Penguin Group.

Kay, K.; Shipman, C. (2014). *The Confidence Code.* USA: Harper Collins.

Lama, D.; Tutu, D.; Abrams, D. (2016). *The Book of Joy.* USA: Penguin Random House

Leyba, C.A. (2015). *Girl Code, Unlocking the Secrets to Success, Sanity, and Happiness for the Female Entrepreneur.* New York, New York: Penguin Random House LLC.

Malone, C.B. (2008). *Rumors of Our Progress Have Been Greatly Exaggerated.* USA: Potter/Ten Speed/ Harmony Rodale

Sharma, R.S. (1988). *Leadership Wisdom from the Monk Who Sold His Ferrari: 8 Rituals of Visionary Leaders.* Toronto, Canada: Harper Collins

Sharma, R.S. (1998). *The Monk Who Sold His Ferrari.* Canada: Harper San Francisco

Sharma, R.S. (2003). *The Saint, the Surfer, and the CEO: A Remarkable Story About Living Your Heart's Desires.* Hay House, Inc.: Carlsbad, Cal. USA

Elogios para

UN DÍA MENOS

«La vida nos presenta situaciones cotidianas que nos obligan a hacernos preguntas fundamentales, hacer cambios que disminuyan nuestro malestar y contribuyan a lograr nuestra felicidad. El autor de este libro nos lleva de la mano a través de una historia de una familia común y sus relaciones, y como en una caja de Pandora, encontramos frases, ideas, pensamientos, metáforas, citas bíblicas y hasta frases costumbristas de nuestros principales maestros filósofos, pensadores, líderes espirituales, escritores, y hasta políticos importantes, que nos ayudan a encontrar el camino hacia la solución de dificultades. Es un libro para pausar de la prisa en que vivimos, leerlo, subrayarlo, marcar sus páginas y meditar cuidadosamente las lecciones que nos da sobre la vida».

–Jeannette Cabrera Molinelli
narradora, poeta, gestora cultural

«Yldefonso nos lleva al punto más íntimo de nuestro ser, a encontrarnos con nosotros mismos a través de Papabuelo. Nos lleva por el laberinto esencial de nuestra realidad y nuestros miedos con Juliana, entretejiendo la rutina de los días... vida, amor, profesión, frustración, pasión y muerte».

–**Wanda Piña-Ramírez**
The Human Factor Consulting Group

«Las lecciones aplican de manera universal no importa la edad, género, profesión, nacionalidad o nivel social, y presta particular atención a la mujer, sea ama de casa o profesional. Esta obra tiene la capacidad de ayudarnos a cambiar la dirección de nuestra vida. Nos recuerda vivir intensamente y en plenitud».

–**Dayanara Torres**
madre, actriz, modelo, Miss Universo 1993

«Sin palabras y con demasiados sentimientos revolca'os. Cuando el vértigo de la vida te toca y pasa factura... El autor nos lleva a cuestionarnos la realidad caótica que vivimos y nuestros más íntimos miedos, nuestras verdades calladas; nos hace pensar en el qué y el cómo vivimos. Dirigido a nosotras y a ellos. Sencillo, sin rodeos, como si te lo contara tu mejor amiga. Lectura obligada para pensar y tomar decisiones».

–Norma Dávila
The Human Factor Consulting Group

Made in the USA
Monee, IL
04 November 2020